柴貓、夢的浮艇與德魯伊

陳信傑　著

在電訊、遊戲、魔幻的時代裡，
愛將何去何從？

目錄

推薦序

不斷離開的遊戲
關於陳信傑的第一部作品

吳明益　國立東華大學華文文學系教授

多年前課堂上有一位外表看來靦腆，總是坐在教室一側的男生，不過那只是我的刻板印象，因為每回他上台時總是表演欲十足，顯見靦腆並非他性格的全貌（甚或可能是誤解）。一段時間後，我聽說他休學了。為什麼呢？我暗暗問自己，大學部的學生休學，往往不出幾個原因：科系興趣不合、身體病痛所苦、家庭關係所苦……他會是為了什麼呢？後來我聽說，他去報考了台灣藝術大學的電影學系。又過了一段時間，他

「回來」課堂了，問了之後，得知他想兼顧兩邊的學業「依序拿到學位」。

再後來，畢業後他先去當了兵，退伍後考上華文所創作組，期間又去工作，一晃眼，十年過去了。在這長長的十餘年當中，我一面覺得這個學生總是「突然」回歸，又「突然」離開，和我這一代總是被叮囑「學位」是多麼值得重視的一件事，有著顯然不同的態度，他彷彿把在不同領域的學習當成一種「遊戲」。

我這麼說沒有貶低的意味，這對我的教書生涯裡說不定是個有意義的發現：**信傑這一代的部分人，比我那個世代（X世代）更是從遊戲裡痛苦、失望、歡樂與成長；他們在遊戲裡性啓蒙、體悟生存哲理，未來也可能在遊戲裡建立政治觀、人生觀或世界觀。**

我在想，如果信傑遇到我這一代的長輩，大概會被批評「沒定性」吧？「沒定性」對很多人來說，像是個負面的批評，不過對我而言，不是信傑的「不定性」吸引我，而是**他的「不定性」都能有一定的產出吸引我**。

信傑在「離開」文學的時間，在台灣藝術大學和東華原民院參與創作了好幾部短片，也獲得一些肯定。而當他回到文學裡時，交來的作品無論與我的品味是否相符，往往可以感覺到「盡心」。簡單地說，他看重創作這回事，會認爲作品（任何形式）不夠迷人就會懊惱，這正是創作人的基本性格之一。

我時常平凡無奇地叮囑我自己指導的學生，在「初產出」時，必先得回頭看看自己與其他人的差異之處。把「普通經驗」在大腦中歸檔，挑出那些差異經驗在腦中反覆播放，再與這段時間課堂上的雜食閱讀對話，尋找自己的風格。而當雜食性的閱讀成立之後，就得一面跨越「經驗」界限，因爲總有一天——雖然不明確知道那一天何時到來，你得想像、描寫、思考他人的經驗、家族的經驗、國族的經驗，甚至有可能是人類命運的經驗。也就是「超過你自身的經驗」。

「超過你自身的經驗」這個詞本身就帶有矛盾性——人如何超過自身？認知神經心理學家埃爾克諾恩・高德伯（Elkhonon Goldberg）在《大腦的悖論》這本書裡，提到認知神經科學很重要的一些主張，其中一個是談到「程序性記憶」和「陳述性記憶」是有差別的。前者是「如何做」的知識，後者是「那是什麼」的知識。

陳述性知識有時也稱爲眞實知識，這世界上有些事物的「眞」與「假」是有判準的，比方說現在幾點鐘，二加二等於多少。但程序性知識關心的是「要做什麼」，以及我們的行動是什麼？是「以行動者爲主的知識」，是你該怎麼做對你是最好的知識。人在老化後，往往先喪失的是陳述性知識，但藉由行動留下來的知識，則常會深刻地烙印在大腦，形成智慧。

我以爲小說就是一種利用陳述性知識，卻意在建立程序性知識的藝術，小說世界不是告訴你何謂事實眞理，而是藉由小說的人物「怎麼做」，帶給讀者超乎經驗以外的思考。因此，在讀海明威的小說時我們思考未曾經歷過的戰爭、沒有經驗過的人生判斷，在讀亞瑟·克拉克的小說時，那些一九六〇年代讀者感受到的是：如果二〇〇一年他們得以參與漫遊太空，會做什麼樣的行動？

許多程序性的知識我們都通過藝術來建立——對美的想法、人生的選擇、非事實眞理的追求、甚至可能是正義的定義……作家運用想像力，把自己的閱讀和身體經驗運作起來，有時會創造出超過自身經驗的美麗作品。因此，即便有些作家在他們的人生裡「很失敗」（這不是字面意義的**失敗**，包括了困窘、不知所措、冒犯倫常……），但他們的作品卻一樣迷人而充滿智慧。

我在讀信傑的小說時，有那麼一刻會想起，這是一個長年（比他閱讀經典文學作品花去更多時間）在電玩「教養」下成長的人，就像有一個世代曾把搖滾樂視爲毒藥一樣，我這代的長輩也把電玩視爲毒藥，但隨著愈來愈多帶著美學、哲理、歷史，甚至負載陳述知識，實際卻引導遊戲者進行程序判斷的電玩的出現（當然，劣作不能一概而論），我也不禁改變了自己的想法。

信傑家裡就是開設「電動間」的，但不是每個在電動間長大的孩子最後會在其中體悟到某個族群獨特的生命觀；信傑也很常在報告或公開的 Meeting 裡談到自己對情慾的掙扎，透過出版社專業編輯的協助，這似乎就是這本《柴貓、夢的浮艇與德魯伊》的「型」——電玩世代的某種生命觀點，以及情慾掙扎過程裡給自己靈魂的暫時交待。**對我這樣漸漸年長，已經看不清未來的資深讀者來說，我認爲它確實從自身經驗，指向「自身以外的經驗」，是一部帶著誠意思考的作品。**

我鍾愛的伊朗導演阿巴斯（Abbas Kiarostami）曾在帶學員拍攝短片時說：「一部四分鐘的電影裡，你沒有時間詳盡探索任何人的過去，最重要的是觀眾看見和聽見了

什麼。……不要哲理化、不要解釋，只描述我們看見和聽見的東西。」（《櫻桃的滋味：阿巴斯談電影》，2018:41）

信傑在他脫離傳統制式教育的十年時光裡，不斷把自己投身到各種職場，差異化的學習環境，不同媒材的創作。在信傑的作品裡，沒有僞裝成熟地硬塞入一些哲理化的內容或對話，甚至對行爲的解讀亦然。比方說，對「性」的白描、直說，用極其直接、肉慾而非浪費的文字描寫性愛，雖然台灣九〇年代後諸多擅寫情慾的小說家已經「拓荒」過了，但信傑的文字變得更「自在」，白日堂堂地寫，像寫一場雨、一個房間，或一段旅程，或許也暗示了屬於信傑的世代對性的態度，有更大比例是如此。

另一方面，信傑的作品似乎也沒有一定要「承繼」什麼文學脈絡的作派，像〈明尉與峻堯〉的故事有些「肥皀劇」式的獵奇，卻也有些《賢者之愛》的陰暗與感傷。〈柴貓、夢的浮艇與德魯伊〉描寫一段同志關係，其中的象徵符號變成了「德魯伊」（Druid）。德魯伊從凱爾特神話走到「魔獸世界」這個遊戲裡，它對這一代的人來說，既是一個有「根」的演化，也像是一個獨立的演化，它想要打動的已經不是像我這樣「非魔獸世界」的族裔了。

而我最喜歡的一篇作品是〈雲蹤〉。對一般讀者如我來說，「雲蹤」二字自有其意象，但對於沉迷過「仙劍奇俠傳」這類遊戲的人來說，或許會對小說裡的《雲蹤奇俠傳》如何影響了主人公的情感認知有所共鳴。因爲他們已經進入了一個「以某些經典電玩來標誌成長年紀」的時代了。就像「周星馳世代」，或「後周星馳世代」（只在電視上看過重播），劇中形象、名字、對白意義的體認都不一樣。即便如此，小說寫的還是文學裡恆久的情感：「她愛的男人沒有一個留在她身邊。」他們甚可是，從遊戲情節裡「學」到感傷、恨與愛，以及人生總像是開放結局似的「不開放結局」。

這篇不像推薦文的推薦文，不像導讀的導讀，更像是我做爲一個讀者，在讀一位晚生我二十年作者的一種感想，這一兩年來，我甚至會覺得，由前行作者來評論後繼作者的美學是否得當？近年我注意到 ARG（另類實境遊戲 Alternate reality game）正在演化，似乎已注定下一代的人們，愈來愈多人從這樣的活動運作裡去建立情感與世界觀，而眞實世界與虛擬世界的相互滲透也會不斷加速。

信傑和我接觸的一些年輕創作者正在尋找他們自身，透過小說建立的「程序知識」，偶爾像是非電玩世代最常批判的：遊戲總是不斷地「再來一次」，但人生則不然。但如果人生的情感經驗，能在某些形態的作品中「不斷離開」，而後「再來一次」呢？這會不會創造出新的一種「深戲」（Deep Play）呢？我沒有答案。這裡頭或許蘊涵著無限的可能性，以及我們未能確知的代價吧？

推薦語

李桐豪（作家）——

編輯要我寫一段推薦短語，我想，沒有什麼比這本小說的文字更能夠自我推薦：不如用〈雲蹤〉的開頭作爲推薦：

研究所的學長曾經告訴我一個寫作祕訣：「你玩什麼就會寫出什麼。」這句話有如學長用他不可知，但據我主觀認定又大又粗的肉棒敲在我頭上一樣，達到當頭棒喝的效果（畢竟又細又小的棒子敲起來肯定沒什麼感覺）。不過遺憾的是，就算我對學長有那種的那樣的方面的想法，學長對我當、頭、肉、棒、喝這樣的好事卻從未發生過。

這段文字其實差不多就是我對整本小說的感受，**文字簡潔而生猛，奇思妙想，腦洞大開，玩什麼，就寫出什麼**。你眞的，眞的，是沒在害怕的啊。祝福你，也祝福這本小說，最後，「我必須保護大自然。」「對，大自然很重要。」

吳芬（**詩人**）——

題材新穎、別致，每一則故事都是短小精悍。**我一直理解「愛」是世界上最美好的事情之一，透過陳信傑的字裡行間，我更加確信這一點**，且無論現實、遊戲，同性戀或者異性戀。

王聰威（**小說家**）——

避免了同志小說過度的悲情，也不在乎意識型態的正確描寫，是可以輕鬆閱讀，讓人十分愉快的作品。〈柴貓、夢的浮艇與德魯伊〉光從題目上來說，就像是讓人想展讀的廣告標題，既文青又商業，而雖然內核用了父親過世這麼沉重的主題，但整體而言非常浪漫唯美，例如大翅鯨的出場，立刻讓人腦中一片碧海藍天，於是全作像是兌了水而變得更甜的威士忌，降低了酒精濃度，卻更芬芳容易入口。

王鐘銘（同運工作者）——

很喜歡小說中帶到工作的描述，讓人感覺到這是一個認眞生活的作者，能隨時隨地張開眼睛打開耳朵，把周圍的一切呑進去然後變成創作的養分，不管是他實際上做過這樣的打工或者是收集資料而來，顯示他掌握細節的能力很強。

如果我有能力寫小說，這就是我想寫的作品。

故事開始

一個炎熱夏日的午後，我走在一座廢棄的遊樂園裡。太陽流出的琥珀，將一切凝結在多年前它結束營業的那天。我走進這金黃而濃稠的水影，見到了激湧著鏽褐色水流的滑水道、撐著篙在草上划舟的遊客、餐廳裡落下的風管吐出食物。

在壯麗的水舞台上，搖蚊賣力上演旋風般的狂亂雜交秀。而成千上萬、向觀眾撲面而來如經書所預言的災難，則是吸血鋏蠓。這時我明白了一件事——遊樂園無論營業或廢棄，都有其可遊戲之處。

我撐起一把巨大的黑傘抵禦即將落下的琥珀雨點，滴滴答答拍落在葉面上的雨聲，像極了我小時候待過的電動間，那指頭敲在按鈕上與錢幣落進不鏽鋼盆的聲音。

在電子遊戲尚未發明的年代，人們透過閱讀小說認識愛；在電子遊戲發明後的年

代，人們使用各種遊戲進行覓食、烹飪、建造、求偶、交配等所有的生存演練，其中包括：愛的探索、演欲與練習。

當我朝著遊樂園越深之處走去，阻擋著我的是比人還高的五節芒以及其他會割傷人的植物。我猜想或許在遊樂園的最深之處藏有人之一生命題的最終解答。

最終我來到一處有著圓頂的石造涼亭，它有六座橋分別接往六個故事，六種不同的夢。或許你會看到一隻貓，一名嬰兒，一條道路，一座城，一綹白雲，或是一種流浪的情境。

我只能說到這裡了，因爲時刻表上的嘉年華大遊行即將開始。

柴貓、夢的浮艇與德魯伊

你看過公路電影嗎？不知道《巴黎，德州》（Paris, Texas）和《德州電鋸殺人狂》（The Texas Chain Saw Massacre）哪個比較接近行駛在美國公路的感受？拿這兩部電影比較很不尋常，對吧？講起公路電影，想起的若不是文．溫德斯（Ernst Wilhelm Wenders），至少也不會是陶比．胡柏（Tobe Hooper）。《德州電鋸殺人狂》會被稱作恐怖電影、驚悚電影，可能前面加個「經典」，但絕不是公路電影。不過假設《德州電鋸殺人狂》不是在這種求助無門的荒郊野外，將場景搬到了都市，呈現的恐怖感會是完全不一樣的吧？而在漫無邊際的公路行駛，「迷失自我」與「可能遭逢厄運的不安全感」兩種想法都會存在的吧？

之所以說了這麼多公路電影的事情，是因爲我這個關於柴色的貓、夢中的浮艇與德魯伊的故事，都跟那間在信義區往深坑的公路上，我打工的便利商店有關。

不同的開店位置賺不同客群的錢。就我旅行的經驗來說，像這種開在寂寞公路上的便利商店遇過幾間，像是花蓮縣和平往北、進入蘇花公路前，有間與加油站開在一起的超商（公路電影裡的加油站也一定都會兼營小商店）。附近雖然不至於荒漠一片，但對旅人來說，那樣人口稀少錯落的幾戶居民，不會讓旅人覺得這是一個有人味的聚落。就像一張海的照片，如果只有海藍與天空藍形成二比一或一比一的畫面，只會覺得遼闊而寧靜，有了一艘拼板船在海上反倒寂寥而疏離。

我值大夜班，通常客人不多，有不少時間可以滑手機。最忙的就是拜網購發達所賜，物流大哥來過之後，平均要花上一個小時理貨。什麼鬼日子都可以慶祝，像是1111單身購物節的物量多到櫃檯後的地板沒有地方擺，我得像紅鶴一樣踩著僅存的磁磚為零星的客人結帳。其他的雜務包括打掃環境，清潔咖啡機等，也傾向指定大夜班來做，值白班的只要維持基本店面整潔即可。

去年年底，一連有幾天下班回家，太陽還沒完全出現，街道仍是昏暗淡藍的時候，有隻柴貓都會出現在我家公寓的樓梯間。柴貓其實是隻公橘貓，但顏色比起一般的橘貓又更暗沉一些，接近柴犬的顏色，所以稱牠「柴貓」。

我本來只當牠是可愛又可憐的流浪貓，手機拍了幾張照片後就進家門了。一方面考量到家中環境不適合，再加上養寵物這件事，本來就會引發我不太舒服的記憶——夢中的浮艇（關於這點我稍後再提）。因此除了盛讚柴貓的可愛之外，並沒有太多作爲。但最後，我還是收養了牠。

現在回想起來，柴貓還眞沒有流浪貓的性格。照理來說，流浪貓會與人保持一定的距離，當你跟牠眼神對望時，牠可能不會立馬逃走，不過當你有所動作，甚至試著接近牠的時候，八成的浪貓會溜走。而我第一次在樓梯間遇到柴貓時就不是這樣子的。我蹲下，伸出右手掌，輕輕問著：「你怎麼會在這裡呀？你會開門嗎？」柴貓雙眼圓咕碌地看著我，像一對透光的寶石。

我招招手要牠前來，牠沒有動作，於是我蹲著往前進，牠也沒有逃走，很認分地讓我騷騷牠的下巴，摸摸背脊，梳梳牠柔軟的毛。這就是最奇怪的地方了，也可能那時我只當牠是長期被人類豢養的寵物貓，因此不太怕人。寵物貓半夜趁著主人睡著後，撬開窗戶出來逛逛街透透氣，或是尋找求偶對象都是滿合理的一件事。

第二、第三天，我發現柴貓都會在我下班回家的時候出現，等在樓梯間，像是精準地掌握了我的班表一樣。第四天沒有上班的日子，出門買早餐時就沒有牠的蹤跡。第七天上班，柴貓又出現了，終於令我想起因故離職的物流大哥凱文。他曾經告訴我他是德魯伊，可以變形成任何動物的樣子。只是這一代的德魯伊因爲大自然受到嚴重破壞與工業汙染，變形的能力變得半調子，必須承擔變不回來的風險。據說只剩下少數足堪擔任「大德魯伊」的德魯伊還能夠自由運使這樣的力量。

目前媒體說哪裡是哪裡的最後淨土往往只是觀光業配，嚴格來說，現在已經不是充滿探險家的十九世紀。那時如果歐洲人想要看到一隻黑猩猩，就必須在非洲殺了一隻黑猩猩製成標本送回去。當然也可以動用更多資源送一隻活的回去。那時的探險家也不會天眞地以爲哪裡是淨土。不流著奶與蜜，只有血和汗。

好吧，衰弱的德魯伊，我一開始以爲是凱文哥的玩笑，或是他在《魔獸世界》裡選的職業，也可能是在說除了當物流士，他其實是一名Coser（角色扮演玩家），出的角色是瑪法里恩・怒風或范達爾・鹿盔——但以上猜測全部錯誤，他重申他是一名眞眞確確的德魯伊，還舉例了一些社會名人其實也是。例如知名小說家W，透過書寫關於生態、海洋的故事，向大眾傳遞崇敬自然的思想，是一名大德魯伊。而之前在壽山動物園，因爲像人一樣站立而被新聞報導的台灣黑熊，是某位退化的德魯伊，變形後卻變不回來的眞實慘例。另外，凱文哥還偷偷告訴我，當兩名德魯伊碰面，爲確認對方身分而進行的密語如此——其中一方先說：「我必須保護大自然。」另一方必須回應：

「對，大自然很重要。」

凱文哥是我認識的第一個物流大哥。三十多歲，像熊一樣高，身材又像狼一樣精實，頭髮灰白，有著落腮鬍未刮乾淨的鬍渣。實習結束，第一天獨自在大夜開店的時候與他初次見面。門市補貨時間大概凌晨四點。那天雖然是個透著月光沒有下雨的星期一晚上，但深坑山間空氣仍帶著一點濕冷。

物流貨車停在店門口，凱文哥從駕駛座跳下來，打開貨櫃中央的小門，搬了大概六個物流箱，以及幾包不規則形狀的貨件。在推車上堆疊好之後，腳一踩，把全部貨物頂了起來，手撐著斜傾的物流箱，拖進店門。他看見我對我微笑了一下，一邊卸貨一邊寒暄。問我是不是新來的，以前沒看過。我說是，剛從替代役退伍，找到下一份工作之前先在便利商店打工度日。他問我叫什麼的時候，不自覺地看了我制服上的名牌，同時介紹自己叫凱文。

我拿出 PDA 盤點機開始刷物流箱上的條碼。凱文哥拉著推車走進倉庫間，將疊好的空物流箱放在推車上，和剛剛一樣，腳一踩，把物流箱頂了起來。我必須承認，看到這動作會帶來一種興奮感，而且與性有關。這大概就是我對凱文哥的第一印象。

過了一個禮拜，對於大夜的工作模式漸漸上手。有一次凱文哥卸貨完，離開店裡之後，沒有馬上開走貨車。我納悶了一會兒，接著我放在櫃檯下方充電的手機，螢幕就亮了起來，顯示有一則來自交友軟體的訊息。

我點開APP一看，有個俗稱無臉男，那種只拍上半身胸肌、腹肌照片的人傳了訊息給我。他跟我說「Hi」。

「你好。」我回道。順便看了一下資料，沒有寫太多，只有簡單地寫著Kevin，健身中，單身，找LTR（長久關係）。距離顯示零點二公里。

「哈囉，林晨暉，我是凱文。」

不用他說，我也猜到了。然而凱文哥打過招呼，就趕著去下個點，沒和我多聊，只問下班後可不可以來找我。基於對他的好感，我答應了。

天剛濛濛地亮了起來，回家換過衣服後又出了門。我跟凱文哥約在另一間不是我打工的便利商店門口。他開著一輛TOYOTA，車齡看起來超過五年的小客車來接我。我上了副駕駛座。

「你下班後都做什麼啊？」凱文問道。

「補眠。」

「眞抱歉，那還把你找出來。」

「不會呀，可以去你家睡。」

「好啊，反正我也是開大夜的，下班後也是先睡一覺再說。」

然而到達他位於新店，租賃的八坪小套房後，我們做的第一件事不是睡覺，是做愛。他沖過澡，只穿著四角褲走出浴室。見到他結實的身材和照片中的一樣，沒有騙人。他將水珠擦乾後，很快地鑽進被窩，抱著也只穿內褲的我。我倆很快地勃起，順其自然做了一回，餘興未盡，然後又一回。

開始做之前，凱文哥問了個有趣的問題：「你希望我是狼還是熊？」

「差在哪？」

「熊狀態的話，著重力量的表現；狼狀態的話則是速度。」

「不能兩個都有嗎？」

「不行啊，德魯伊一次只能成爲一種動物，不會有四不像，那是縫合怪。」

「喔——那就做兩次吧，一次是熊，第二次再當狼。」

「好啊，怕你受不了。」凱文哥很爽朗地答應了。

他從床邊的矮櫃抽屜拿出了一小罐茶色玻璃瓶，大概跟五十元硬幣差不多大。我以爲那是Rush之類的東西，他沒問我要不要來一點，逕自按著一邊的鼻孔，深而緩慢地吸了幾回。

「那是Rush嗎？」

凱文哥微笑，意味深長地說：「不是，這是我的變身藥水。」

做愛的時候，他當一號，我是〇號。所謂的熊狀態，像是用著巨大的木杵在搗麻糬，每一下都雄厚有力。而我的通道是他的臼，知覺則像嫩白的麻糬，反覆地散開、聚合、然後再次散開、聚合。麻糬在木杵提起的時候會稍微黏著它，但最後還是會回到臼中，等待下次的撞擊。

第一次結束後，間隔了半小時，開始第二次。凱文哥又吸了一次他所謂的變身藥水。由於已經做過一回，這次我放下多餘的靦腆，直視他的臉，他的身體。吸完變身藥水的幾分鐘內，他的身形竟略微改變，耳朵與下巴似乎變尖了一點，臉型從熊的圓臉稍稍變成三角形的狼臉。體脂好像也跟著下降，從原本帶著一點厚實感的肉變得像工地工人那般精瘦。他的手掌撲來，不像第一次時的熊掌般那樣猛力，而是狗掌般較小而輕，著重單點的觸感（畢竟我沒被狼掌按過，只能用狗掌比喻）。狼狀態的凱文哥像機槍，以掃射般的速度在我體內開槍。感受截然不同於熊狀態。

難道是眞的變身了嗎？我帶著一種愉悅暗自驚奇。本來以爲把 Rush 說成變身藥水只是挑逗話語，直到第二次結束，我不得不相信，那眞的是變身藥水了。

起床的時候是下午兩點，天已大亮。陽光透過遮光率不佳的黃綠色幾何圖紋窗簾照了進來。布置簡單的房間染上一層朦朧的黃暈。白色的磁磚地與牆面，隨著光影成爲一畝畝開花季節的油菜花田。我雖然坐在房間，卻像到了非常遙遠的地方。

注意到我的動靜之後，凱文哥也跟著醒來。我們沒有做第三次，但抱著纏綿了一會兒。他問我有沒有意願跟他交往。

「我沒有打算……」話說到一半，凱文哥也大概知道意思了。如此斷然拒絕人難免會讓現場難堪，但誰要他提這個問題呢？聽說以前的時代是需要談很久的戀愛才能決定要不要做愛，現在則相反，或許要多做幾次之後才能決定要不要交往。但在我的認知裡，聽起來只是決定要不要基於衛生理由當固炮而已。

「啊——你也是兩感人嗎？」凱文哥問。

「兩感人？是那個兩感人嗎？」

「對呀，就是那種兩感人。」

「你是說作家W小說裡面的兩感人嗎？」

「啊——我認識W，原來兩感人是他寫的，不愧是大德魯伊。」凱文哥點頭稱許後，接著說：「我都是看新聞講的，那種兩感人。」

這裡我岔出去說明一下，何謂「兩感人」。

現在你只要走進一間市井小民都會去的早餐店，而店內牆上剛好掛有電視，它就會顯露本質一般，播報著庸俗浮誇的新聞。主播以激動的語氣介紹近來流行的新名詞「兩感人」，像是憂心忡忡的家長擔心孩子要變壞了。「兩感人」這個詞彙首創於作家W的小說之中，原本指的是在視覺與聽覺上，得到大量豐富資訊的人，但並未失去觸覺、嗅覺、味覺的能力，不帶褒貶意義，用來詮釋一種在視覺、聽覺上容易獲得大量滿足的現代人生活模式。

在3D技術、VR虛擬實境、電影工業都日漸發達的情況下，玩過《汪達與巨像》的玩家未必不能說他們沒有在大草原上騎馬的經驗（至少是部分的視覺模擬體驗）。而如果你逛過奇美博物館，聽過裡面典藏的自動樂器，足可說明過去的人要聽到音樂是多麼困難的事情。它必然是上流階級才能享受的一種娛樂，或美的感受。在KKbox、Youtube、iTunes隨點隨聽，隨時下載品質良好24K．24bit音質的歌曲下，聽好的音樂已經不困難了。這就是作家W認為的在視覺、聽覺獲得大量滿足的狀態。然而味覺仍存在明顯的階級，二十五元的滷肉飯與二千五百元的懷石料理精緻程度完全不同。廣受二、三十歲都市年輕人喜歡的「手作早午餐」，自然也與工廠配送的連鎖早餐店不同。

觸覺方面，現代人能接觸到的材質相當有限。古諺有云：「沒吃過豬也看過豬走路。」似乎與豬相當親暱。現在的人恰恰相反，很難得會有「摸到豬」的機會。在日常生活中所能碰觸最多的是塑膠、聚酯纖維衣料。雖然主流聲音反對皮草，但那種對於摸到皮毛的觸覺渴望卻無法以理性全然消滅。嗅覺同樣，除非是相關職業，要能聞到大量不同植物的，那些眞正使人愉悅而好聞的味道，非常困難。即使在商業花田，常常種的也只有同一種花卉，例如一大片的薰衣草田。

然而，「兩感人」這個詞的命運和「魚干女」、「御宅族」、「小確幸」一樣，當它們到了報紙、新聞，便會失去原本的意思，被一種望文生義式地粗暴解讀，賦予簡化後的新意義。兩感人儼然成爲負面用語，用以排斥、貶抑以大量視覺、聽覺獲得娛樂性滿足的人。舉例來說，當一名少年沉迷於電玩遊戲或色情影片當中，便稱呼他爲兩感人。言外之意是要求他走出虛擬世界，無論是與眞人交往，或是培養運動習慣、勇敢地「走出舒適圈」等，取代原本的生活模式。

顯然凱文哥說的兩感人是電視的那種帶有貶義的。但無論是哪一種兩感人，還有一個共同特色——消極反對 LTR。簡單說，就是少男、少女失戀後很容易脫口而出的：「我再也不相信愛情了！」並不是兩感人天生缺乏深層情感，只是這種情感變得難以召喚，與凱文哥口中衰微德魯伊的變身能力差不多。以及，情感價値變得可取代，沒有必要。

如果凱文哥眞是德魯伊，而這世界上眞的有德魯伊，能夠化身成各種動物，掌控大自然的力量，我想起了國中時常常出現在夢中的橡皮浮艇，一艘款式簡單，搜救用的紅色外邊、黑色底座的橡皮艇，或許它就不會出現，而父親也還在世界上。

大學之前我一直住在雲林口湖鄉的海濱村落。那時家屋還沒改建，是傳統的三合院，屋頂都還蓋著魚鱗似的瓦片。爸爸繼承了爺爺奶奶在做的養殖漁業，媽媽嫁進來以後就跟著一起做。家裡距離漁塭有十五分鐘的車程，爸爸會騎著他的野狼一二五載著媽媽往返。最怕各種天然災害，不知爲何，魚塭裡的魚好像特別脆弱，玻璃飾品似的，特別容易死掉。颱風天讓水漫過漁塭的時候，魚會溜走，颱風過後在路邊都撿得到，留下的因爲水質受到汙染，通常也不行了；寒流來襲，牠們也會暴斃。投資一期的魚苗、飼料遇上天災時都會血本無歸。

有一個星期天，爸爸從魚塭工作回來之後，他說有一隻有靈性的黑狗跟著他，爸爸決定把牠養在漁塭旁的鐵皮小屋。那是搭建來放置器材，也放了一張行軍床，工作後可以在那稍事休息。

升國中的夏天遇上一個超級颱風，下了好久好大的雨。三合院地勢低窪（課本說那是因爲沿海地帶超抽地下水，導致地層下陷），水開始灌進屋裡。在淹到腳踝之前，我跟著全家人一起把重要物品搬到高處，木板床上、鐵桌上。然而雨水絲毫沒有止息的意味。爸爸說他得去救黑皮，牠是被拴著的。如果那裡也淹水，恐怕黑皮會被淹死。爺爺唸他管一隻畜生做什麼，媽媽也勸他危險別去，但爸爸不管，說只是去把黑皮帶回來，去去就回。趁著路面還能騎乘機車的時候，在置物架安置了一個平常用來裝漁獲的保麗龍箱，然後踩上他的野狼，引擎發出嗯嗯幾聲之後，去了魚塭。

水一路淹到大人的腰部，而幾乎淹到我的胸部。消防隊來了，開著裝有電動馬達的橡皮艇。小孩子如我與妹妹先被接上船，媽媽帶著貴重物品也上了船，我們被送去地勢較高的內陸避難。

像這樣的嚴重淹水不是沒經歷過，因此當時覺得一切會一如往常，在無奈又樂觀的怨嘆聲中落幕。離開的時候，媽媽一直擔心爸爸去了太久，本來想在三合院等爸爸回來，但奶奶要媽媽照顧孩子們。

水退了之後，爸爸被村人發現臉朝下趴在漁塭邊際的濕泥中，機車在幾公尺外。大概是水漫過了路面，讓行路人無法分辨路面與魚塭。倒是黑皮不見了，不知是被水帶去哪裡。檢查鐵皮小屋的時候，拴著黑皮的繩套已經解開。由於在此之前，沒有帶過黑皮回三合院，料想大概不會有牠循著足跡回三合院的事情發生，再說，足跡也都因為大水沖洗得一點痕跡也沒有了。

這就是我對養寵物始終存在著一絲不安的原因。父親後事過後，我升上國中，夜裡常會夢見一片海，永遠是海象平穩，天氣清朗的海面。我不知道我在海的何處，只覺身在海中，眼見所及就是海，環視一圈也只有海。邊際在無限遠處成為海平線，像一個沒有缺口的圓圈套住了我。

同樣的夢重複一陣子後有了變化。我發現我不再只是身在海中，而是坐在當初那艘避難時乘坐的橡皮艇上，視角也變成看著自己坐在橡皮艇上，彷彿靈魂出竅一樣。我曾經和國中同學聊天解夢，說出我對於這個夢的感受，也坦承地告訴他們因為水災失去父親的事。他們說那樣平靜的海面一定是我走出傷痛了，海象才會如此平穩，如此遼闊。我認為有道理，但不全然相信。

最後一次夢到這個夢是在高中的時候。那時住校，宿舍四人一房，靠牆的兩側放了鐵架上下鋪。我睡在上鋪。我剛滿十八歲不久，還在準備大學學測。我已經許久沒有做到這個夢了，沒想到當它回來時，內容又有了變化——既不是我一個人坐在橡皮艇，也不只有純粹的海面——我看見一個男人的剪影，坐在鯨魚的背上，從顏色與體型判斷，或許是隻大翅鯨。

起初我不確定那個男人是誰，忽地他轉頭過來對我微笑。因爲逆光，我看不清楚他的臉，但我直覺認定，他是我六年未見的父親。難道是因爲長大成年了，來跟我告別嗎？我不曉得，但那絕對是我看過最寂寞的公路電影，不是路的公路，是海的公路。父親就坐在大翅鯨上，背影向著我，浪波被漣漪推開，形成一條路，朝著遠方離去。

就在此時，我醒了，仍是半夜，而我止不住掉淚。沒有啜泣與嗚咽，沒有吵醒室友，但眼淚就像來自海洋一樣，不停從我的眼角流出，止也止不住。

德魯伊，如果是德魯伊，水災那天，我也可以變身成一隻大翅鯨，將父親載於背上，無論要去哪裡。

我不知道少年喪父對我成爲那種，凱文哥認定的兩感人有沒有關聯。但在那次最後的海夢之後，我確實相當收斂情感，不願意付出，即使我認爲我能。即便往後大學、當兵，都有類似愛情的感覺來過，但我都覺得不是很重要。

最近我和你
都有一樣的心情
那是一種類似愛情的東西

蕭亞軒二〇〇八年的〈類似愛情〉這樣唱著——後來還是跟凱文哥約過幾次，某次做愛之後，我們聊喜歡的歌手，他說喜歡早期的蕭亞軒，我們就點播了這首來聽，也跟著唱。第一次聽凱文唱歌，聲音相當低沉，像在月光林地中，一隻雄鹿踏在泥地上的噠噠聲。

最後一次約去他家，依然先做愛，而後聊天，這次聊起了Youtuber。他問我爲什麼從黃阿瑪的後宮生活、肚臍是隻貓、豆漿、拉姆有幾噗、走路痛、好味小姐，二、三十隻貓與他們的奴才加起來，訂閱人次超過好幾百萬，眞的有這麼多人愛貓嗎？有的，我回答凱文哥。順帶提了三島由紀夫也愛貓，而且又帥身材又好。除了與細江英公合作拍的攝影集《薔薇刑》之外，有張他穿著和服臥躺在榻榻米上抱著一隻貓咪的照片也非常有名，笑起來的樣子說是電影男星也不爲過。比照三島最後的結局，我猜沒有讀者願意相信，貓在這張照片裡沒有起任何一丁點的魔幻作用。

「好，我要當貓。」凱文哥堅定地說，像政治家發表演說。

我們沒有繼續討論他要如何使用德魯伊力量變成貓的事，但那次之後，關於他的帳號全被移除了，Line的、交友軟體的……都沒了。這種情況不是第一次發生在我身上，常常約過一次之後，不知道是沒有賓主盡歡，還是新鮮感已過，帳號就被封鎖、消失。直到後來上大夜班的日子，發現不是我被封鎖，而是凱文哥像從未存在過一樣，離職了，不見了。接手的是一位相貌平凡的中年男子，不特別讓我有心動的感覺。

最後的事，你知道的，我收養了柴貓，略微從兩感人提升爲三感人了。

峻堯與明尉

翁峻堯照著鏡子，用手指梳著自己的油頭。髮量在三十幾歲人當中算是不少了，但光澤就是不如以前。順著髮梢，一路摸到推平的太陽穴兩側短毛，刺刺的感觸還散發著一點肌膚的熱氣，以及殘留的水珠。峻堯端詳自己的臉，平時碧兒泉系列的保養品做足了工夫，雖然還是冒出了幾點黑斑，但總算在控制範圍裡。臉頰兩側也緊緻得很。那張迷人的臉上最大的敗筆則是，笑起來的時候，兩條長長的魚無法管束地自眼尾游出，再多昂貴的保養品也無法拯救。他記得三十歲生日那天，他畢生的好友胡明尉的妻子向他說：「小堯，你這臉不行了。」從那天起，峻堯歛起了笑容。他發現他不笑的時候，比較符合名字「峻．堯」帶給人的形象，風骨峭峻的古聖先賢。

峻堯退了一步，落地窗般大的鏡子照見了浴室全景。峻堯腳邊以黑色大理石砌成框的按摩浴缸，邊緣披掛著用過的浴巾，池裡仍舊熱氣蒸騰。他穿著白色浴袍，綁著腰帶，敞開的胸袒露著肌肉線條。後來做辦公室工作，不常晒太陽，讓他回到十七、八歲時，過往的白。整體而言，峻堯給人的感覺是山林清晨時的氤氳，白皙中透著光，卻又不是那麼真切，要是真用手摸了，只會感受一種含著水氣的涼意，卻抓不著實體。

浴室外，一名少年墊著浴巾，趴在雙人床的棉被上。少年剪著輕薄的短髮，比刺蝟頭再呆板些。少年遺傳了父親年輕時的體格，渾圓的屁股，看似那麼飽滿，簡直是兩顆皮球擠在一起，輕輕一觸便會彈開。可是爲什麼？印象中少年的父親是座挺拔的山，而今的少年卻只是丘。是少年熱愛運動的程度不如父親，還是隨著年紀增長，那種對少年父親的愛慕崇拜漸漸消退？因爲自己也長成巨人，看著山，再也不是仰之彌高了。

打理完畢的峻堯滑開浴室拉門，站著凝視眼前一切，像是某張中世紀名畫，那樣的構圖，那樣的筆觸。可是天花板四邊雕出的凹陷處，藏著紫紅色的燈管，將房間渲染得像林森北路上的酒店。

這少年，是峻堯帶大的。

許多年前，一台計程車上，當他與明尉都還是十七歲，就讀三重H高中。在車上，他們有說有笑。明尉把制服襯衫的扣子全部解開，露出印著STRUGGLE塗鴉字的便服T-Shirt。他留著與當年流行男子偶像團體一樣的髮型，瀏海斜長，頭頂抓刺。

空空的書包在座椅上無力傾倒。相反地，峻堯每一個鈕扣都扣齊了，鼓起的書包，甚至看得到鉛筆盒擠出來法國麵包似的形狀。書包蓋上別了許多學校的紀念徽章，建中、成功、松山、中正、復興……

峻堯記得司機問了他們是不是要考大學了，他說不是，司機說他有兩個兒子，大兒子讀淡江。小兒子……小兒子幹什麼去了？峻堯還記得一個細節，當時胡明尉看到路邊的電動玩具間的玻璃門上貼了泳裝美女海報，像是要把兩顆奶子倒出來般，歡迎大家來搓麻將，罵道：

「媽的，那海報是怎樣，低級耶。」

「少來，你只是想看猛男搓吧？」

明尉使出金臂勾勒住了峻堯的頸子，啐道：「幹，你想被幹是不是？」

當兩個男生又這樣玩在一起，峻堯在嘻笑的眼神餘光之中，瞥見當時的司機舉起那穿戴白色棉手套的手，調整了後照鏡，細細地打量他。

他們結了車資，在巷口下車。兩人家住不遠，時常一起回家。留下來打球的晚上，公車不好等，便習慣搭計程車平分車資。峻堯習慣先到明尉家打混，有時七、八點，有時到了十點，連明尉的爸媽都下班回來了，峻堯才會告辭。然而這天特別奇怪，明尉領著峻堯來到公寓三樓。當明尉拿出鑰匙的時候，峻堯拉了他的衣角，問道：「你家今天有客人？」

峻堯看見鐵門旁的鞋架擺放了不認識的鞋，一雙脫皮的黑皮鞋，女性的 Nike 運動鞋。這兩雙鞋在鞋架上格格不入，一看就是陌生人擺的。其他的鞋恰如其分地置放在鞋架上，像是工廠製造出一格一格的餅乾。但這兩雙不是年輕款式的鞋，擺得歪斜，像是校園裡喬木的葉子被風吹落到灌木叢上，刀一般地插著。

「誰啊？」明尉也疑惑起來。

當他轉動鑰匙的時候，只向左轉了半圈，峻堯猜對了。如果是上鎖的門，應該是要連續轉動三圈半，門才會打開，而只轉半圈就意味著——家裡有大人。

明尉進門後，發現除了自己的父母，還有兩名一男一女的中年人全都石像似地坐在沙發上，保持著溫和的微笑。桌上的茶具組飄出陣陣茶香，杯子裡的茶都是八分滿，或許只是禮貌性地喝了一口。

明尉從那名中年女人的面容猜到大概是哪方面的事了，因爲中年女人完全就是老個二十幾年的媛圓會有的長相。媛圓是明尉交往中的女朋友，小一屆的學妹。

然而中年女人又跟媛圓有那麼一點不同，或許是因爲她化了全妝。粉底、眼影、淡色口紅，以及棕色的眉筆痕跡，一應俱全。溫塑燙的亞麻色長髮，內扣的髮尾像是釣不起魚的魚鉤。另一位中年男人想必就是媛圓的父親了。他跟媛圓長得比較不像，相對於母親，他也樸素許多，只穿著條紋 Polo 衫與鼠灰色西裝褲。

當他的視線落在媛圓母親身上時，血液流過全身，像是電流般刺激著，褲襠下升起一種微熱的腫脹感。面對幹過幾百回的女友的母親，這種奇妙的感覺是什麼呢？心砰砰跳著。媛圓的母親像一道預言，是二十多年後媛圓的長相。

至於媛圓的父親，明尉無來由升起了一股敵意，敵意之後伴隨著勝利的快感。明尉心裡想著：「我幹過這個人的女兒。」

面對這個場面，明尉第一個想起的人是峻堯而不是媛圓。峻堯才是有能力幫他解決麻煩的人。面對即將發生的事，即將迸出的訊息，縱使如他，一個外向、風趣的人也無力招架。

有些高中生爲了抽菸而有所研究，哪一間便利商店的店員會賣給他們，哪一間不會，或是託誰買最方便。明尉則是對保險套販售很有研究，他知道全台北保險套的販賣場地。由於那不是什麼未成年不可購買的商品，因此便利商店、大賣場、藥妝店的就都不用講了。明尉知道的是那些隱伏的，例如台北車站一處位於地下一樓的廁所，從大廳的階梯走下去就只會通往那裡。樓梯最後一階面對男廁的門，右手邊是女廁，再過去就是牆壁了。牆壁上則有一組衛生紙、衛生棉與保險套自動販售機。他還知道碧潭也有這樣的販賣機，淡水老街沿著賣魚丸的那條巷子走到底，有一處公共廁所也有，他知道，明尉都知道，因爲他在那些地方都跟媛圓打過炮。有時穿著制服，有時是假日；有時聞到濃郁的芳香劑，有時是汙穢的臭氣。他們的約會時常走到一半，例如淡水那次，就在媛圓吃了淡水三十公分長的巨無霸香草混巧克力霜淇淋之後，下面就濕了，吵著明尉幹她。這些峻堯也都知道，明尉與女朋友的約會，峻堯都會在。

當明尉和女友關起門，在廁所隔間內辦事時，峻堯就會一個人守在男廁門口。明尉他們很狂，明明是星期日，淡水充滿觀光客的下午。縱使這間公廁離最熱鬧的淡水老街有一段距離，仍有路人會來上廁所，他們不管。峻堯也不知道這樣守著有什麼意義，他也沒理由拒絕路人上廁所。頂多，就是幫忙把風，看看有沒有聽見猛烈撞擊聲的路人拿出手機偷拍那對小情侶吧？更多時候，晚上、郊區、沒人的地方，峻堯在門外聽著聽著也硬了起來，會對著洗手檯的鏡子，脫下褲子自慰。他看著鏡子裡那個內褲鬆垮垮卡在小腿的人摸著屌，彷彿不是自己。而他也總能在明尉開門前結束一切，穿好皮帶，做回那個用功讀書，乾淨禮貌的峻堯。

被晾在門外，只能透過門縫偷看的峻堯當然也嗅到不對的氣氛。他知道接下來發生的事跟他無關，但他更希望是他對於明尉的情感被發現了，希望此時此刻坐在沙發上的家長不是圓媛的爸媽，而是自己的。

「峻堯，你先回家吧。」明尉說。

「好——」峻堯愣愣地說。然後他回過神來，感到一種本能性的害怕。他向四位中年人點頭後，三步併作兩步飛奔離去。衝回一樓後，他倉皇扣上一樓的鐵門，像是誤觸警鈴的賊。

身後傳來不知名瓷器碎裂的聲音。那聲清脆割開了天際，裂縫倒下無盡的雨。

隔天明尉沒有到校，請了事假；峻堯也沒有到校，請了病假。

幾天後再見到明尉，額頭貼了一塊紗布，手臂也有未包紮的割傷或瘀青。自高一兩人認識以來，峻堯從未見過明尉這麼狼狽，連神情都不對了。他眼神昏暗，亂髮糟糟，甚至還有一點臭。他在學校無精打采，心不在焉，連中午的便當都比他生動。聽明尉說，媛圓月經遲來了兩個月，自己到藥妝店買驗孕棒，買了兩組，兩組驗出來確實都是兩條線。事情都還沒讓明尉知道，媛圓母親就在收拾她房間時，在垃圾桶裡發現那根被報紙包著丟掉的驗孕棒，追問之下，事情就爆發了。

「媽媽會檢查垃圾桶？」峻堯吃驚地問。明尉沒回答。兩人走進廁所。明尉選了一個中間的小便斗站上前，峻堯選了他右手邊的。

「後來怎麼辦？」峻堯拉下褲鍊，隨著答答的水聲一邊問著。廁所小便斗上貼的笑話還是很無聊：「烤肉的敵人：一，肉跟你裝熟；二，木炭耍冰；三，蛤蜊自閉；四，火種沒種；五，肉搞小團體……」

「高中還是會念完。」明尉靜靜地說。

「留著？」峻堯抖了抖陰莖，將它收回制服褲裡。

明尉一陣沉默，稍後換他抖了抖。

「白癡，那什麼問題。」明尉用沒洗過的手推了一把峻堯的胸口，平常他們也都會這樣，但這次卻覺得胸口特別得沉，彷彿被什麼巨石擊中了。「你覺得我很廢是不是？」峻堯搖頭，「生了就要養。」說完，明尉又巴了峻堯的頭，害他差點沒撞上便斗間的隔板。之後，明尉頭也不回地走出廁所。峻堯愣在原地，看著他離去的背影。十二點的太陽又熱又烈，光充斥廁所，讓角落的蜘蛛網都無所遁形。明尉在這樣的光裡成爲一道剪影，最後被吞噬一般，埋沒日光之中。峻堯感到一陣頭暈，洗手檯上方的鏡子，照出他失去唇色，蒼白的臉。

「是眞的懷孕了。」峻堯心想。他把媛圓當作代理孕母，那未出世的孩子是他與明尉的。這件事也確實跟他有關。由於明尉出門不習慣背包包，所以錢包、手機、保險套都放在峻堯那。峻堯不知哪來的念頭，拆掉書包上的徽章，選了成功高中校慶紀念章，將保險套刺了洞。而在眾多保險套之中，他就只刺那麼一個，如果這樣也能中，大概是命定了。

少年會來到這個世界，完全是峻堯的傑作，他參與了生下少年的過程——少年胡舜智。這一點讓他覺得，他比那些巴著異男不放的 Gay 們更勝一籌，就算是嚐過異男屌的Gay也都不如他，峻堯製造了屬於他與明尉的小孩。

之後的產檢，除了幾次由媛圓的母親陪同，大多數是明尉、媛圓和峻堯三個人一起到醫院。媛圓已經休學，明尉繼續念書。而女朋友懷孕這件事學校沒有太多人知道，除了導師、峻堯以及信得過的朋友之外。其他十七、八歲的同學，都不知道他們之中已經有一個人身分不一樣了。當他們逛街還鎖定西門町潮牌店，娛樂還選擇唱K看電影，還想著要喝可爾必思泡雪碧的時候，他們之中已經有人，逛街的時候想繞進麗嬰房，寧願把唱K看電影的錢存起來支付自費檢查的項目，想著奶粉要用幾度的熱水去沖。

許多年後，在峻堯三十歲生日的時候，明尉請峻堯來家裡吃飯，叫了披薩。舜智補習到十點還沒回來。峻堯問：「明尉，你會不會有時候覺得很可惜，這麼早當了爸爸，都沒玩到。」

「玩個屁，這社會有病！一大把年紀才想生小孩，像是有一天睡起來發現自己老了，想在世界上留下點什麼，走過的痕跡？然後就要生小孩，反正你掛了的時候小孩還活著，照理來說啦！你就會覺得你死了，但又好像沒死。」明尉說。三十歲的明尉已經不會對峻堯腳來手來，不然他以前說這麼慷慨激昂的話，免不了用金臂勾圈住峻堯，或是巴他頭。「幹你媽的，舜智都要念國中了，時間過得眞快。」明尉點了一根菸，這是他高中畢業後在工地打工時學的。明尉抽了一口，繼續說，「我本來要念大學的。現在也覺得念大學沒什麼，你看，念大學的薪水比我現在做水電還少。」明尉看了峻堯一眼，想起他不只是大學生，還念到碩士畢業，隨即又補充，「不是說你沒用啦。」

突然，明尉拉過峻堯的手，用雙掌包覆，讓峻堯覺得自己的手像西施舌軟嫩的肉。峻堯以為明尉要跟他說什麼，雖然知道不可能，但畢竟三十歲也不算太老，偶爾還是會做著青春的夢。結果，理所當然地，什麼也沒有。明尉就只是這樣覆著他，輕拍幾下，像是冬春之際，羊蹄甲的花覆蓋在潮濕的泥土上，鋪成一片粉紅的毯。

明尉放開手，轉身抓起桌上玻璃罐裝啤酒，將幾個塑膠杯倒滿。他胖了，有肚子了，眼神流露疲態，或許肝不太好，眼白泛黃。反倒是自己，注重健身，要不是慶生破例，晚餐過六點不吃，而且只吃水煮雞胸肉生菜沙拉。他的身材要比明尉好，一直讀書後來進航空公司當地勤的他，白皙依舊，但是隻白色的虎。明尉卻像是水牛發胖後的樣子。明尉有點醉意，癱在沙發上。媛圓便和峻堯聊起保養，說下次百貨週年慶再一起去。當她湊近峻堯的臉，見到他的魚尾紋時無意說了一句：「小堯，你這臉不行了。」

第二十週的時候，肚子已經凸了出來，但不是很明顯。自從媛圓懷孕之後，穿衣風格也跟著改變，喜歡寬鬆的棉紗製背心裙，有時候會搭牛仔褲，熱一點的時候就只穿棉質安全褲。少女的腿依舊纖細，懷孕使她更動人了。少了一分永遠做著夢的模樣，多了一分穩重感，至少媛圓在聽孕婦須知的時候認真的眼神，是過去的她不曾出現的。

媛圓躺在鋪著綠色床單的床上，產檢醫生爲她做超音波掃描。她的肚子被塗得油亮亮的。螢幕上出現一道扇形的圖像，醫生右手滑著掃描儀，左手控著鍵盤，電腦不時發出「滴」的聲音。

螢幕上的黃色箭頭指標游移，醫生跟三人解釋畫面，並告知是一名男嬰。

「喔，是男的。」明尉說，從他的表情看不出來是高興還是失望，平淡地像是有店員跟他說你的四季春微糖少冰好了。

「目前發育正常，三百七十六公克——」

從媛圓躺著的角度，只能斜斜地看到螢幕。健保給付超音波掃描只有一次，在這對年輕小爸媽的預算裡，頂多支持他們再做一、兩次付費掃描，因此媛圓特別珍視。懷孕之後，雖然那雙纖細的腿時常晚上水腫，食欲時好時壞，有時想吐，有時又像塡不滿的坑。但她肚裡有一道生命正在茁壯，像是遙遠星系的恆星，從陰道墜入子宮，在裡頭爆散著無窮的光。

峻堯卻覺得像異形，開始幻想科幻電影情節，外星生物在母體上產卵……想著想著，又覺得可愛。明尉則是安靜地在一旁想事情，表情略爲凝重。

走出診間的時候，心情放鬆不少，他們三人是最年輕的組合。第一次來的時候，總覺得背後有人耳語。現在也就習慣了。他們還是會做一些年輕人該做的事，像是這次，拿了照片之後特別開心，便去 Cold Stone 吃冰淇淋。媛圓點了莓果口味。明尉忙進忙出，一下結帳，一下端餐盤，一下又去抽衛生紙，但舉手投足都顯得溫柔。峻堯還不習慣這種相處模式，以前到了這個時間點，差不多就是這對情侶獸性的時間，但現在卻盡做一些良家作爲，甚是無趣。

關於小孩的命名，就不只是三個人的事了。明尉對峻堯說：「來，你書念得比較好，你給我取一個好聽好叫的名字。你以後就是孩子的乾爹。」峻堯抓抓頭，他想起他也爲國小低年級時，自然課要同學們輪流照看的小雞取名。雖然每位同學平均只會照顧一至兩週，再輪回來時，小雞已經褪去黃色的羽毛。英文中用「It」來作爲嬰兒的代名詞還眞有道理，小黃雞根本看不出性別，都要等牠開始出現第二性徵之後才好辨別，像是公雞有雞冠，母雞沒有。不過雞到最後去了哪？小時候老師說這是生命教育，家長也都很支持，除了嫌臭、嫌清排泄物之外。那個年代也不會三不五時爆出禽流感，將雞隻帶回家大家都很放心。峻堯爲雞取名「Victor Marie Hugo」（維克多·馬里·雨果），簡稱 Hu Hu。家裡的書架上剛好放著一系列注音兒童版世界名著選，他覺得《悲慘世界》最有意思，雖然他不知道什麼是「悲慘」，也還讀不懂內容（畢竟那適合中年級以上的學生）。及至峻堯長大後才覺得這是「悲慘生命教育」，低年級每個班都要養雞，雞商得賣出多少的雞啊？而你最終不知道雞去了哪，短短的雞生曾經溫暖，最後撲朔迷離。這段教育最大的啓示就是：生命是難解並且複雜的。

隨著時間過去，小孩即將誕生。雙方家長也積極起來，像徵文比賽，大家都想搶到小孩的命名權，又以男方家長更爲重視。候選的名單曾經有過：「胡柏均」、「胡志豪」、「胡宗翰」、「胡瓜」……峻堯拿到名單忍不住說：「胡瓜是來鬧的吧？」峻堯揉了紙團丟進回收箱，那天他如往常到明尉家作客。

「有幾個是我媽去跟算命仙求的啦。」明尉說。

最後定名「舜智」。本來是要取「舜至」，但出生以後明尉的媽媽拿去對八字，算命的說筆畫不好，便改成智慧的智。解決了命名問題，然後是要在哪裡養小孩的問題。媛圓懷孕期間，情侶兩人分住各自的家。明尉白天上課，晚上打工，成績一塌糊塗，但峻堯會幫他補習，甚至寫作業讓他抄。但一個禮拜還是會擠出兩天、三天去找媛圓，峻堯也會去。放榜那天，峻堯考上政大，大家說他是高材生。連明尉的媽媽都拜託峻堯：「峻堯呀，我們家這個不成材的，以後你有成就的話，要好好提拔他。」

媛圓順利產子後，帶著寶寶回到自家坐月子。幸得媛圓的母親幫忙照料一切，並教導了如何照顧新生兒。

雖然明尉對媛圓有虧欠感，曾經想過讓媛圓去月子中心享受舒適的待遇，詢問價錢之後才發現那根本不是他負擔得起的，也不打算向家人伸手，他製造的麻煩已經夠多了，最後作罷。只想著如果幾年後有第二胎，一定讓媛圓去月子中心。

明尉下課後或是週末，只要沒打工的日子都會來到媛圓家，一直待到差不多十點再離開。這是兩方家長眾多協議內容之一，明尉的父母希望他至少能完成高中學業，媛圓的父母也希望等到明尉十八歲後，兩人正式結婚再讓他們搬出去同居。

隨著舜智平安出生，兩家的關係趨於和諧，但也隨之衍生出許多問題，這些問題的壓力通常落在媛圓和明尉身上。舉例而言，像是明尉畢業後如果選擇升學的路就沒辦法找正職，單靠打工的薪水要照顧小孩絕對是不夠的；抑或是媛圓的父母也希望媛圓能夠復學完成高中學業，如果是這樣的話，媛圓既不能賺錢，也無法照顧小孩。那麼舜智又該怎麼辦呢？

明尉作客媛圓家期間，難免會被親家母問到這些問題，雖然不是故意要給明尉難堪，但明尉如果不能給出明確的小家庭規劃，無論是誰都會擔心的。

由於明尉忙著處理新家庭瑣事，放學不再和峻堯一起回家，假日不是在媛圓那就是在打工，於是峻堯變得孤單，只好把重心放在準備升學考試。他的成績越來越好，明尉則越來越壞。第一次段考後，明尉的成績差到要是這樣下去，恐怕錢沒賺到多少，也不能畢業。爲此，明尉向媛圓提出每個禮拜最多去她家三天的要求，其他時間得分配給打工和念書。媛圓聽了當然不高興，和明尉有些爭執。

有了這個轉變後，峻堯和明尉固定星期二和星期四的晚上會一起到圖書館K書，峻堯樂意給明尉所有筆記，一起複習考試重點，成爲明尉的私人家教。這是峻堯每個禮拜中最快樂的時光。有時圖書館休館，他送明尉回家後，會自己在路上吟誦《羅密歐與茱麗葉》的台詞：「幸福的，幸福的夜啊！我怕我只是在晚上做了一個夢，這樣美滿的事不會是眞實的。」

然而說起幸福的夜，峻堯有時可以得到加碼，明尉偶爾會約他一起去逛L牌嬰兒用品賣場。第一次兩人一起走進店裡是媛圓還在坐月子的時候，那次他們只是來買尿布。其他大部分的用品都在舜智誕生前就已經買好了，不過之前都是明尉和媛圓母女一起去的——那個彷彿被臨幸般的夜晚，可是只有明尉和自己。峻堯在心裡幻想著：

「我跟明尉看起來一定像是一對……該說是夫妻嗎？總之就是一對。」

峻堯在玩具區找到一盒模擬太陽系的床掛玩具，Y型支架一頭是床的鎖扣，另一頭吊了一顆太陽，再由太陽下方的旋轉架吊著九顆行星，輕輕一撥行星就會繞著太陽運轉。整體顏色都比實際的星體來得鮮豔，較容易吸引幼兒的目光。那盒玩具要價一千塊，對沒有打工的峻堯來說是筆負擔，但他還是忍痛買了下來，並對明尉開玩笑說：「這個送你。」

「是送舜智吧？」

「這是送你複習地科用的。」

「白癡。」明尉笑了出來，輕輕揍了峻堯一拳。

「宿舍不能養寵物。」峻堯說。他收到了政大的新生入學資料袋。新生手冊上說明了住宿事宜，外地學生優先。

雖然峻堯沒辦法抽宿舍，但他還是幻想著在宿舍裡面養小孩的場面。也幻想過一個情節，當新同學問他要不要參加抽學伴的時候，他要很瀟脫地回答：「不好意思，我得回家泡牛奶給我兒子喝。」這會讓他感到光榮。

「你白癡啊？你以爲我生的是貓還是狗？」明尉巴了峻堯的頭。

「如果舜智的單位是人的話，他好像就不能住宿舍了。」峻堯說。

最後三人協議，找到了新店巷弄裡一間便宜簡陋的家庭式租屋，三個人就此住在一起。

九月開學，媛圓復學，明尉面對家裡頓失一名人力也毫無怨言，那時的他對媛圓懷抱虧欠感，無論媛圓或是她家裡要求什麼，他盡量配合。那種盛大浪漫的婚禮無限延期，兩人只帶著家長與峻堯到戶政事務所登記結婚，拍了一組便宜的婚紗照，一切從簡。

峻堯記得登記那天，他以金色彩帶在手腕上繫了一個粉紅色空飄氣球，很是滑稽。明尉與峻堯協調，明尉去打工的時候，由峻堯照看小孩；峻堯上課的時候，明尉來顧。

晚上媛圓下課，她會搭公車來這個家，懷裡邊搖著舜智邊背明天要考的英文單字，然後家裡的男人又都出去打工了。這個家就以三班制的方式照顧舜智。

那段時間，峻堯過著很省的生活，但只要遇到舜智的花費，小至奶瓶，大至醫藥，峻堯花起來都毫不手軟，著了魔一般。還讓媛圓抱怨起生父明尉。

「房租很貴啊……」明尉淡淡地說，想反駁自己沒有不愛舜智，更沒有不愛她，但明尉欲言又止像吞了一塊燒紅的鐵。

有一個晚上，媛圓因為期中考的緣故住在娘家，明尉做大夜班，整屋子只剩峻堯和舜智。舜智一直啼哭，峻堯正在寫一份期中報告，被煩得受不了。他檢查了尿布，是乾淨的，又問舜智：「小怪物，還是你餓了？」抱在懷裡搖了搖，然後像跳探戈似地前兩步、後兩步地轉圈，舜智哭得更厲害了。「Oh My Gosh，小怪物，你到底想怎樣！」最後峻堯把手放到舜智額頭上，他發燒了。

像是一道雷劈開草原，劈裂大地，草原燃燒起來。住在草原上的斑馬、獅子、長頸鹿開始奔竄。連稍遠一點泥黃色河川的水牛也奔騰，凶狠的鱷魚見到奔騰的水牛群，也驚得逃命。蛇鷲、草原鵰、渡鴉，所有原本在草原上生存的鳥類一同振翅，連天光都被那成群的羽翼遮蔽暗了下來。驚駭的鳥類撞在一起，東西南北無法分辨，隨後一隻一隻受傷墜下，如流星火雨。

峻堯打了電話給明尉，然後幫舜智包上跟粽子一樣厚的衣服，自己穿起嬰兒揹巾，將舜智放在懷裡。又想跑步，又怕跌倒，戰戰兢兢地疾走，在路口等待計程車。雖然不超過五分鐘的時間，一會兒又想：「我是不是該用跑的去仁愛醫院掛急診？」然後又覺得坐車吧，發高燒的小舜智不適合這樣奔波，但時間又像快燒盡的線香，來得那麼緊急。最終他攔到計程車，一路往醫院開去。急診室裡坐滿了人。峻堯感到一陣憤怒，環視四周等候的掛號病患：「那個不過是被蚊子叮也要來看急診！」急診室自動門打開，推進一名躺在床上鮮血淋漓的中年男子，「那個一看就是酒駕車禍的，也還要救他！」當然這純屬於峻堯自己的臆測。

這是峻堯第一次遇到舜智發高燒，毫無經驗。他懷疑自己像舜智那麼小的時候，是不是沒有發燒過、感冒過，否則怎麼可能活到現在？這小生命這麼小，看起來這麼脆弱，彷彿一點什麼病菌都可以奪走他的生命，或剝奪他聽的權力，說話的能力。

等明尉到的時候，峻堯流下眼淚，他抱明尉，頭靠在明尉的肩上，而明尉沒有拒絕。舜智包裹在這兩名大男生之間，有兩股暖流正在交換。玻璃自動門照映了他們擁抱的樣子。

這件事讓媛圓有了芥蒂。孩子發燒，第一時間竟沒讓母親知道。雖然明尉安撫媛圓，擔心她期中考會受影響，但無論怎麼解釋，媛圓還是生氣。都說產後憂鬱症，媛圓不知道自己是不是也有這樣的傾向？過去無論做什麼事，都讓峻堯跟在身邊。但掛急診的事，已經從「三個人」變成「兩個人」，讓媛圓很不是滋味。況且「兩個人」還是丈夫與另一個男人。從此，媛圓會適度婉拒峻堯的好意。

「我上次買給舜智的衣服還沒拿出來穿呀？」某個星期天，明尉出去打工，只有峻堯和媛圓在家的時候，峻堯問道，「那件印著小雞的呀。」

「小堯，那件是短袖呢，等熱一點再拿出來穿吧。上次智智才發燒呢。」

「也是、也是。」峻堯敲了自己的頭，像在懲罰自己的粗心。

兩年後，媛圓畢業，明尉和媛圓搬離了這個家，前往高雄。明尉的叔叔在高雄做水電師傅，他向叔叔拜師成為學徒。峻堯住進學校的雙人宿舍。

峻堯第一次感到生活失了重心，像是將陀螺打在撐竿跳墊上。他的書桌還擺了他抱著舜智的合照相框，連明尉都不在這張合照裡。新室友吳小天看見那張照片，開玩笑問他：「這是你兒子？」

「對。」

新室友沒想到答案真是如此，好奇地追問了一些問題，峻堯都答得無精打采，但每個細節，都描述得鉅細靡遺。

「你會換尿布？」

「產檢要檢查什麼啊？」

「如果他長大之後變得很屁怎麼辦？」

……

峻堯的成績一落千丈。有時打電話給明尉，想聽聽兒子的聲音，接起來的卻是媛圓，回答總是千篇一律，不外乎兩個：明尉隨師傅工作去了、智智在睡覺，等他睡醒再打給你。峻堯沒有接過回撥的電話，他懷疑兒子是不是早已成了睡美人，而他不知道。

聖誕節前幾天，他寄了禮物要給兒子。及至當日，他又打了電話給明尉。這次接起來的總算是明尉了。

「聖誕節快樂！收到禮物了嗎？」峻堯問，可是不知怎地，他哽咽起來。

「峻堯，好久不見，我們收到了。麋鹿很可愛呢，智智很喜歡。」電話那端傳來炒菜的聲音。還有一個稚嫩的聲音，「爸爸、爸爸」的叫著。

「是舜智嗎？」

「對呀。」

「我可以跟他說話嗎？」

「好啊，可是他還不太會講話。」

接著是一陣傳遞聽筒唰唰唰的碰撞聲。峻堯想起舜智一歲兩個月的時候，已經會叫「爸爸、媽媽」這些單字。峻堯本來想教舜智區分明尉是爸爸，自己是Daddy，但舜智也還是只會叫爸爸、爸爸。峻堯覺得也挺好的，就沒堅持。一歲六個月的時候，已經會走路了。雖然走得不遠，像是突發性地隨意走走，表演給大人看一樣。但峻堯還是很開心，等舜智一坐下就把他抱在懷裡，鼓勵他多走路。

「喝水水、喝水水……」聽筒的一端，傳來舜智的聲音，忽大忽小。又聽到一旁明尉補充：「智智，叫峻堯叔叔。」顯然那個畫面應該是，舜智在玩地上的火車，明尉拿著電話貼到舜智耳邊，耳朵冰涼涼的，一下就把頭轉開，明尉再次貼上。幾次之後，舜智不耐，在要哭未哭之際，媛圓就把他抱走了。

「峻堯抱歉啊，小孩不懂事。」明尉說，然後一陣沉默。明尉以爲是收訊不佳，「喂——」

「有，我在聽。」峻堯已經說不出話了，勉強僞裝，才能裝出沒有鼻音的這幾個字。

「你在哭？」

「沒有。」

「什麼時候來高雄看我們？」

「會的、會的。」峻堯的回答都很簡短，最後再祝對方一次聖誕快樂，也沒約確切時間就掛上了電話。

小天回宿舍的時候，房間是全暗的，一點光也沒有。本來以爲是峻堯早早就寢，但小天開燈後發現，峻堯只是坐在椅子上，一動也不動。他嚇了一跳，喚了一聲「峻堯」但沒有反應。走過去拍拍峻堯的肩膀，沒想到他卻像斷線木偶頹然倒地，然後哭了起來。那撕心裂肺的哭聲喊聲，以及不停拿手邊任何可以觸及的東西，垃圾桶、抹布、鞋子往自己身上、臉上、頭上砸，嚇得小天手足無措。只好一把撥開地上所有雜物，然後緊緊抱住峻堯。任憑峻堯咬他、搥他、掙脫他，小天都不放手。兩人一拖一走，小天把他架到床鋪上，用盡全身的力量壓制他。直到峻堯和緩下來，小天才放鬆力道。之後兩人交往了一年，直至小天劈腿。

舜智升上高中之後，明尉一家又遷回台北，開了自己的水電行。重回台北，一方面是想讓舜智受更好的教育，更關鍵的原因是媛圓對峻堯的戒心降低了，甚至偶爾也會覺得自己是不是有那麼一點小題大作？聖誕節電話之後，峻堯還是逢年過節寄禮物來，指名要給舜智，但鮮少打電話來，更別說親身拜訪了。舜智有一段時間很好奇爲什麼會有個叔叔一直送禮物給他。尤其兒童節與生日，都會收到特別好的禮物。叔叔挑的衣服總是比媽媽買給他的好看；寄來的巧克力總是寫著他看不懂的文字，每一顆都精美無比；還有的時候，是寄來四張票券，有高雄當地大飯店的住宿券、連鎖電影院團體票、遊樂園門票，舜智最好奇的就是這個，一律是四張。通常爸媽會把沒用到的第四張退掉，換成遊樂園裡的爆米花給他。但他從來沒有見過這位叔叔。十二歲時，某一個補習結束後回家的晚上，桌上的披薩盒還有幾塊披薩，爸爸說這位神祕的叔叔趕火車才剛離開，再次爲國小的他留下巨大的謎團。

第一次見到神祕叔叔是高二的時候，在他們家開的水電行。那是個星期六的下午，爸爸出外工作，媽媽也有事不在，舜智一個人顧店。正當他努力打著掌上型遊戲機 PSV，玩《魔物獵人》跟大龍龍們拚個你死我活的時候，眼角餘光瞄見有一名男子，穿著西裝，在店門口看著他。舜智嚇了一跳，按下暫停，將神祕叔叔送他的掌上型電玩擱置桌上。從黏著的辦公椅站起，「請問要找什麼嗎？」

男子也嚇了一跳，連忙說：「喔——我住的地方熱水器壞了，想說來這裡看看。」男子走進店裡。

「爸爸今天不在耶，要不要留個電話？」舜智隨即抽出辦公桌上的藍筆，還有白色便條紙，遞給男子。

翁峻堯，0915-XXX-XXX

娟秀的筆跡，跟老爸的鬼畫符實在差太多了。國小簽聯絡簿的時候，還因爲老爸的字太醜，在同學面前抬不起頭，輸了一場班上同學辦的「誰的爸爸媽媽字最漂亮大賽」。

舜智看到「堯」字，像是觸電一般，起了雞皮疙瘩。神祕叔叔寫給他的卡片只會署名「堯」。爸爸、媽媽也總是小堯、小堯地叫。外加上歷史課剛好上到三皇五帝夏商周，開始在講堯舜禹湯。舜智手拿著便條紙，抬頭看了男子一眼。斯文的外表，西裝底下不知藏著如何雋朗的身體。舜智對眼看到男子，熱得不行，像身處沙漠，飲水用盡，喉嚨乾裂，昏昏欲墜。

「不好意思，我還是找別家好了。」男子微笑，「畢竟有點趕，每天都要洗澡的吧？」男子從呆愣的舜智手中抽走便條紙，然後走了。

之後男子都會在每個禮拜的這個時間點來，舜智也都喜歡禮拜六待在店裡。有時媽媽也在顧店的話，男子就會若無其事地往店內看了一眼就離去，但只有舜智知道。後來媽媽覺得奇怪，問舜智：「以前叫你顧店都不要，怎麼現在那麼愛顧店？」

「媽，你這就不懂了，學校教我們要孝順，我現在不是很孝順嗎？」

「你真遺傳你爸，你爸當年也是這麼會講話才追到我。」

「我遺傳老爸的還不只這個呢。」打發之後，這件事也就笑一笑算了。其實，舜智在高雄念國一的時候，早破處了。上網約到一個大學生，後來也不曾間斷。依他熱銷的行情，都懷疑是不是要收個費。當然啦，家裡全然不知這樣的事。他有個怪想法，彷彿一個一個試，有一天就能試到他的神祕叔叔。

總是有爸媽都不在的時候，大概又過了半年。

這個下午，舜智上了男子的汽車。男子載他到汽車旅館。舜智發了一封簡訊給媽媽，說他忘記跟同學約好有個到美術館參訪的作業要做，先把水電行的鐵門拉下來了，請媽媽回來開店。

男子，峻堯；少年，舜智。當男子將陰莖放入少年身體裡的時候，他們不約而同對這個認知了然於心。舜智體驗了前所未有的快感，之前找的那些高中生、大學生或是老男人都沒辦法滿足他，都是空虛而表象的愉悅。但如果眼前男子真的就是他的神祕叔叔的話，這絕對會是他有生以來收過最棒的禮物。而峻堯也萬萬沒想到，他跟舜智的關係竟會進展到這種地步。

峻堯一見到少年的舜智就有了好感，長得又像初戀情人明尉。三十多歲的峻堯，也比過去更貪戀還未蛻化成男人的年輕身體。舜智，扎扎實實地呼喚起峻堯所失去的，本該屬於他的溫暖。

峻堯本來就只是想見舜智一面，恪守多年的原則。直到現在，峻堯在外租的套房裡，都還擺著那只他抱著小舜智的合照相框。但十幾年過去，峻堯覺得照片裡的人已經不是舜智了，確實，他已經成長爲一名少年。時間以每毫秒等於一粒砂的兌換，砌成了磅礴的城，巍然座落眼前。峻堯能見的光明，都被這座城遮蔽了。

峻堯之後還是每個禮拜六都來看他。他不特別期待店裡只剩舜智的場合。眞要約的話，他們會電話聯繫，約在學校後巷的那間便利商店。舜智會坐在落地窗後的吧檯，等著峻堯開車來接他。

這樣的關係在暑假到達高峰，能一起出去的日子更多了。峻堯帶舜智走過許多觀光區，峻堯發現，有些保險套販賣機已經拆除了，有些還在。像是淡水那個已經沒了，公廁也改建成某種流行的極簡風樣式。話說回來，保險套販賣機對現在的他而言毫無意義，如果眞的要做什麼的話，峻堯會直接帶舜智去摩鐵。暑假接近尾聲的一個晚上，峻堯如往常般接起電話，那支專爲舜智而辦的預付卡手機。當然舜智通訊錄裡的名字不會是峻堯，而是某個同班女同學的名字。

「喂——舜智——」峻堯說。

一陣沉默。

「你不是我兒子的同學吧？」電話那頭傳來男人的聲音，他冷淡的聲音特別威嚴。

峻堯心裡一驚，拿開手機，那是明尉。待鎭定後才將手機貼回耳邊。

「不是。」峻堯低聲說。

換電話那頭沉默了，是明尉也認出他了，還是什麼呢？

「……我們需要談談舜智的事情……」明尉停頓下來，或許這對他來說也是件極難開口的事。至少明尉原本預期的應該是女生的聲音。

「你們在交往？」

這個瞬間，四周空氣降到冰點，只剩無語的霜寒。通話最後，明尉丟給峻堯地點，一個離水電行不遠的公園門口，要他立刻前往。明尉的諭令對峻堯而言，是一道沒辦法逃避，如陰影般，困鎖多年的詛咒。

明尉當時給他的感覺到底是怎麼回事呢？

多年以前，峻堯享受著被明尉用胳膊圈住脖子的時刻，那是他難得可以跟他肌膚相親的機會。夏天的時候，峻堯能聞到他運動後流汗，被太陽晒過之後伴隨費洛蒙吸引他的味道；冬天，好幾次兩人臉頰貼在一起，那是個還能害羞的年紀，臉熱紅得像暖暖包，傳遞給明尉。

多年以前，高三下學期，四月中旬的時候，H高中規劃了一場成年禮，帶學生從二重疏洪道親水公園騎單車至八里米倉公園，四十多公里的路程。完成挑戰的學生可以得到刻有自己名字的紀念印章。這是H高中行之有年的傳統。

那是個陰天，但雲層不至於低得讓人產生壓迫感，在雲的縫隙間尚留有幾抹的藍色，透著一點微光。然而正是這樣的天氣，騎起單車非常舒服，沒有下雨也不會中暑。

明尉疏於運動之後變胖了一些，當他跨上單車時，往日在球場上的英姿又回到了他的身上，像是一頭即將破閘的公牛。峻堯好一陣子沒看到如此神采飛揚的明尉。他笑著，彷彿是在說：「四十公里算什麼，我還可以折返哩。」

峻堯雖然不擅長打球，但他喜歡慢跑與游泳，想來他應該跟得上明尉，也騎得完四十公里。現場也有正在哀號的同學，老師鼓勵他們盡量騎，但務必注意身體狀況不可硬撐。

槍響後，高三生們向北方騎去。幾十名同學一溜煙地已經消失在眼前，他們以最快的速度衝刺。明尉不與他們競速，只顧著自己的節奏，保持一定的速率向前。峻堯騎在他的右手側。兩人並不交談，雖然快慢不計成績，很多同學也打定主意要悠哉地騎完，偶爾停下來休息，但明尉與峻堯仍希望以尊敬的態度完成這趟旅程，正如校長致詞時說這是給自己的一個「成年的挑戰」。

如果「成年的挑戰」只是騎騎腳踏車可就簡單了。在這場成年禮缺席的是媛圓，如果不是因爲懷孕休學，這時他們三個人應該會騎在一起，也應該會像那些想悠哉騎完的同學一樣，沿途看看河景，看看路上種了樟樹還是苦楝，看看正在覓食的是蒼鷺還是鷺鷥。

漸漸地，峻堯與明尉超車了一開始就使勁衝刺，現在沒力的同學。

一個小時過去、兩個小時過去，明尉與峻堯逐漸靠近終點。他們的汗水已經濕透了運動衫，在前胸與後背都留下了汗印。過程中，他們有幾次停下來喝水，因爲他們喝水的容器是一般的寶特瓶，必須一手抓著瓶身，一手旋開瓶蓋，不是專業騎士那種單手一壓就可以喝水的運動水壺。

停下的時候兩人也不交談，只用眼神示意，認定對方可以再度上路的時候就互相點個頭，然後繼續旅程。有時是明尉騎在前面，有時又是峻堯領先，他們維持著一種不明顯的競爭關係，同時也爲對方破風。當然他們不曉得有這樣的名詞，只是當一方騎在前方的時候，會稍微感覺好騎一些，而當兩人並排的時候，在心理上則有「這是我們一起的路」增強意志力的效果。

最終，他們是前五十名完成旅程的同學。校長授印後，兩人在棚子下喝水歇息了一會兒，也上了廁所。基本上完成單趟的同學就可以搭乘學校準備的接駁車回到學校，但明尉與峻堯決定折返，雖然他們已經感到肌肉痠痛。

湊齊五、六名願意一起騎回程的同學後，明尉與峻堯再次動身，這時他們改以輕鬆的心情去騎，一群人有說有笑，彼此穿梭交換陣形。其中一位同學虧明尉太久沒打球都騎不動了，明尉自豪地大聲回應：「哪有！」便一鼓作氣快速踩著踏板衝出團隊，峻堯也加快速度跟了上去，這時剛好一道陽光穿過雲層照在他倆臉上，隨即又被烏雲遮去，像是相機亮起閃光燈，將明尉與峻堯年輕的身影與笑容永遠凝止在這一刻了。

道路規劃

當盛夏的艷陽烤得高雄市昏昏沉沉，酒醉一般的時候，我來到這座城市為我任職的電影公司勘景。外來客對高雄市的印象，除了那醉人的艷陽外，就是豐富多元的交通工具。細數起來，從鐵路、高鐵、捷運、輕軌、渡輪與機場無一不包，或許之後還可見到纜車運輸。由於申請了高雄市的拍攝補助，導演希望盡可能地以自然不造作的方式將高雄市的特色拍進電影中。

我來到高雄市捷運，紅橘兩線交會，擁有號稱世界最大玻璃藝術的美麗島站。當時我從各個角度拍攝了那座玻璃天穹，也換了不同焦段的鏡頭拍攝站內流動的人潮。正當我以105mm變焦鏡隨意對焦的時候，我發現了一個熟悉的人影——教育役的學弟謝照鴻。他的右手臂有一片燒燙傷留下的疤痕。他穿著一件粉紅色的棉襯衫，鼠灰色牛仔褲，頸上掛了一個牛皮製黑色證件套。他一個人站在圓柱旁，仰著頭似乎在研究天頂圖案。我立即收起相機，走上前和他打招呼。

容我先為你介紹照鴻是一個怎樣的人，就從他小時候說起吧。請不要覺得冗長，那都是我們一起住在國小的夜晚他告訴我的往事。

照鴻有一張清秀白皙的臉和纖弱的身形。爸媽從小便灌輸他金錢概念，因此家中的任何勞務、用品與食物都必須計價。客廳往房間的廊道上有一塊白板，寫著照鴻的待辦事項，以及完成這些事情可以獲得多少代幣。代幣可以兌換新台幣或等值物品，而代幣是用各色的琉璃做成的，小小的，不規則狀的石頭，都打磨得很光滑。

照鴻媽媽是一名琉璃工藝師，和不同的室內設計工作室合作，從設計到施工都會親自經手。她會不厭其煩地與設計師討論：「玄關地板做一道強化玻璃，玻璃底下用琉璃排成浮世繪風格的海浪如何？」、「案主想要簡明工業風的設計嗎？或許可以用黑白灰三色的琉璃拼成一面花磚牆，增加一點活潑的感覺？」畢竟沉重單調色系排列太像生活，而他們要設計一個家。至於照鴻爸爸則是商業主管，也是提出整套家庭教育制度的人。爲了培養照鴻的理財能力，甚至白板上還寫了基礎的匯率問題。

值得一提的是，一些勞務被視爲義務，只能獲取少量的代幣，例如掃地、寫功課、收拾玩具。照鴻做完所有的基本義務只足夠換取飯票。眞正能創造照鴻財富的是創造性行爲。照鴻可以寫詩、寫故事，也可以創作黏土雕塑（當然他必須額外花少量的代幣購買黏土）。除了藝術作品之外，也可以透過提出政見，「如何改善班級讀書風氣」

這類題目來獲得代幣。創造性行爲累積的代幣才能夠實現照鴻的購物清單。許多父母並不鼓勵孩子從事藝術，但照鴻媽媽從事相關工作，自然是不會反對；照鴻爸爸則堅信有了商業頭腦，無論擁有什麼技藝都能換成生活開銷。

這樣的訓練在照鴻上小學之後，爲他帶來了一些優勢。照鴻的作業從不缺交、勇於表達意見、反應靈敏，幾乎成了班上的意見領袖，很多孩子傾向跟在他的身邊。女孩子偷偷喜歡他，男孩子說他們是兄弟，連老師都認爲照鴻是神童。

然而升上高年級，換了一位年屆退休，作風古板的老師時，所有的優勢都爲照鴻帶來困擾。不祥的端倪最早出現在國語科的考試上。閱讀測驗寫了一則故事，提到小華因爲要零用錢，因此跟媽媽央求必須以掃地十五元、拖地十五元、寫功課五十元等，按件計酬，媽媽應允了。隔天小華到學校要蒸便當的時候，發現便當盒是空的，裡面有一張紙條寫著：便當八十元。小華才明白自己錯了，不應該這樣對待媽媽；這個故事寓意的正確答案是：親情不應該以金錢計量。

照鴻並沒有選出正確答案，因此被扣了三分，甚至是全班唯一錯這題的人。平時勇於表達意見的他，在這個時候沉默了，他有著太大的困惑，像一塊鐵墜在心底。他接連問了幾個同學爲什麼答案是「親情不應該以金錢計量」，這才知道原來他們都不需要以勞務或創作累積代幣。最多只有模稜兩可的「考前三名就可以買什麼什麼作爲獎品」，並沒有僱傭關係制度化地管理這件事。

「難道爸媽其實不愛我嗎？」照鴻有生以來第一次思考這個問題。

或許疑惑像一顆種子，需要一段時間才會發芽，因此照鴻並沒有立即反抗一直以來的家庭制度。到了週末，他仍然繼續做著他的創造性行爲。他想要以日本代謝派建築設計師，黑川紀章的作品「中銀膠囊大樓」爲藍本寫故事。最初會知道這位設計師，是從爸爸的書架上一本關於代謝派建築的影像集看到的。

中銀膠囊大樓於一九七二年完工，分爲南北二棟的立方柱，南柱較高，北柱較低，頂層像被刀削過一樣，呈現一道平整的斜切面。許多規格一致，以個人爲居住單位所設計的白色四方體艙房，「附著」於南北立方柱上。從施工期的照片可以得知，艙房與立方柱是分開建造的。待兩者都完成後，再將一個個艙房安置到立方柱上。由於艙房窗口有規律地分別面向東西南北，因此有一種螺旋向上的感覺。照鴻覺得大樓像是兩串立於東京的白色葡萄。

照鴻於隔週發表了一個失去愛的人都必須住進膠囊大樓的科幻故事。在那裡，人是孤獨的，孤獨帶來的焦慮會再次懲罰「失去愛」這件事。唯有透過膠囊中的電腦，結識網友，重新取得與人的連結才能離開大樓。

這次的發表會氣氛格外凝重，透過這個故事，照鴻爸媽都意識到了兒子即將邁入青少年時期的事實。因爲這是照鴻的創作第一次脫離童眞，不再只是天馬行空的夢境，而是某個生活現實的隱喻。媽媽給了這個故事高度評價，爸爸則承諾寒假要帶照鴻去東京考察中銀膠囊大樓。但是在照鴻心中並沒有因爲得到日本之旅而證明爸媽愛他或者不愛，那仍是一個疑惑。往後他更加細細觀察，希望找出更多的線索或證據。

三年後，在他就讀國二，十四歲時，他得到了第一階段的解答。

班上有個男生叫裕明，大家叫他玉米。玉米生得帥，活像少年漫畫走出來似的。國中有髮禁，每個人都只能理平頭，照理說每個人看起來都一樣矬，但不曉得爲什麼，玉米像是天生與平頭匹配，給人一種軍人式的冷峻。他們各自的家住在反方向，照鴻卻總是陪著玉米走回家之後才回家。每一天，照鴻都花上半小時來回這段路程，但除了消耗他的體力以外，沒有有形的報酬。

大概也是從這時期開始，照鴻注意到了路的設計。照鴻跟我說，道路的設計以一種隱微的方式影響著人們如何生活，然而在這座島嶼上的道路設計，簡直貧困到讓人們無法彼此相愛。高雄市的發展是近一百年間的事情，比起明鄭時期便已開發的府城，或是清代經濟重心北移，高雄市都晚上許多。也因爲如此，當日本統治者來到島嶼的時候，高雄市還是一座可以實現城市可能性的地方。

人們常說高雄市的道路設計是棋盤方格，而生活在高雄市的人從小就背得出市區主要幹道一路到十路的名稱，像順口溜，也像歌詞。不能說棋盤方格不對，但形象上不那麼準確。比起棋盤，高雄市更像被海淹沒一角的八卦。如果你僅以九十度的直角方格想像道路，那便很容易迷失在環狀的建國路、凱旋路、和平路、光華路、民權路、復興路，進而有一種怎麼也繞不出去，受困迷陣的感覺。如果你想離開高雄市，則必須記住中華路與中山路，這兩條爲代表的聯外道路。

「如果你一開始就把一個人內心的道路想錯了，你永遠抵達不了你想去的地方。」

照鴻成年以後，歷經數次錯誤的行路嘗試，才明白這個道理。

高雄市的道路根據日本設計師留下的藍圖而規劃，然而道路的設計與道路景觀、周邊建築、道路材質都有密切的互動關係。若其中一項元素不和諧，便會造成用路人的迷惑，進而產生一種心理負擔。高雄市大部分的道路屬於直路布線，由於直路布線有清楚的方向感，用路人會感到格外親切，像躺進搖籃床一樣。然而設計不當的過長直路段，也容易造成行人因看不到終點感到疲累，駕駛人車速過快的問題。例如台九線鹿野武陵到關山德高之間，全路段筆直平坦，時常傳出因超速、超車造成的重大車禍。基本上，設計一條不對的路再以測速照相檢舉違規相當矛盾。如果是為了暢行、快速而設計直路段，那為何速限又訂得如此之低？它誘惑用路人開快，卻又不讓它快……

往返玉米家的路不是一條令人走起來愉悅的路。放學出國中校門後，沿著拐七扭八、佔用問題嚴重的騎樓走著，時不時還得讓道給攤販，因而被逼上大馬路。他們走在沒有盡頭且充滿障礙的直線路段，彷彿不是走在都市，而是一片蟄伏著巨型蟻獅的荒漠。

起初照鴻覺得國中三年很長，總有時間慢慢磨出感情，後來發現三年一下就到了，他什麼也沒得到。先前說照鴻每天花半小時走這段路是浪費，或許也是不太精準的說法。照鴻根本不知道自己要得到什麼，他要透過這段陪伴換得什麼？世界變得越來越複雜，事物之間等價交換的原則越來越稀薄，水一般地蒸發。家裡教的東西不管用、不夠用了。

某一晚他們回家前到了便利商店，買了一條黃色厚紙板包裝，裹著鋁箔的山形巧克力，二十八元。

「我請你吃。」玉米說。

「怎麼這麼好？」

「不知道耶，就想請你。不然下次換你請我。」

「好啊。」照鴻彎腰，伸手將嵌在架上的售價標籤往上扳。

「你在看什麼？」玉米問。

「二十八元呀，下次也請你。」

玉米聽後遲疑了一會兒，回應：「我們都兄弟一場了，你算那麼清楚？」

照鴻放開了標籤，心裡一震，衡量事物的價值，這是下意識的舉動，但他確實已經做了，眞恨那隻手。

「親兄弟明算帳啊……」照鴻覺得越描越黑了。

後來，玉米與班上一個長得像 S.H.E 中的 Hebe 的女生交往，二十八歲時，他們結婚了。照鴻曾經希望自己就是那個長得像 Hebe 的女生。那時他覺得自己要住進膠囊大樓了。

這個時期，照鴻喜歡兩首都叫做〈Superstar〉的歌，一個是 S.H.E 的版本（因爲他幻想自己是 Hebe），另一個是木匠兄妹（Carpenters）的版本。洗澡的時候，他沉浸在想像中的旋律，想像中有薩克斯風、貝斯、吉他、鈴鼓、鋼琴、和聲的樂團，唱著自己改寫的中文版歌詞，他把 Baby 都換成了裕明。

至於，第一階段的解答到底是什麼呢？跟這首歌有點關係。正當照鴻唱得忘我的時候，照鴻媽媽在門外都聽到了。照鴻媽媽認爲照鴻唱了不對的歌詞。一陣爭論對質後，照鴻感覺到身體的光像水一樣洩盡了，再沒辦法從事文字創作。於是高中選了自然組，大學念了C大運輸系。

這大概就是照鴻年輕生命的前半段人生。讓我說回在捷運美麗島站遇到照鴻的事。由於包括照鴻和我在內，五位在同一所國小服役的學長弟退伍後，加上一位我大學時期的女同學，固定每年都會找個時間聚會。在捷運站巧遇照鴻並沒有帶給我太陌生的感覺。我向照鴻打過招呼，表示我來勘景，照鴻踴躍地說要帶我這個外來客導覽高雄市。我們一同坐到與高鐵共構的左營站，我以爲他要帶我參觀高鐵，卻帶我坐上了他停在捷運站附近的露營車。外觀是乾淨的白色車身，與九人座的汽車差不多大。據照鴻介紹，那是一款福斯汽車出產的加州海洋（California Ocean），花了幾年的儲蓄貸款買的。

「羅伯，你還記得嗎？我國中寫的膠囊大樓故事？我覺得露營車就是體現了那樣的居住單位。」照鴻一邊說，一邊發動汽車，開了空調，但哪也沒去，我們依舊停在一個露天式停車場。「事實上，黑川紀章一九七二年發表的Moving Core也是這個概念。」

「我記得。」

「看新聞說，美國好多城區也因爲房價太高，許多人以車爲家，四處停泊。」照鴻說。

「以車爲家啊……」我笑笑說：「但台灣會買露營車的人通常是那種，有錢有閒，假日想帶著全家出遊的爸爸買的。當然啦，有些退休後的男人也會想買露營車，過著愜意的退休生活。」

「不說這個了，」照鴻不想與我細究這個問題，換了話題：「你可是我們南方少年團第一個坐到這台車的人，原本想當作驚喜，等我們年底聚會的時候，邀請大家一起搭這台車到山上露營。」

「這擠得下五個人嗎？」

「你知道，有時沒辦法全員到齊的。但就算是五個人，擠一點也還可以。」照鴻對我微笑，「不如我帶你繞著高雄市晃蕩一圈，我們會見到所有的交通工具，然後開過過港隧道，今晚就睡在聽得到海浪聲的岸邊吧？」

這眞是一個不容拒絕的提議。於是車子開動了，音響流淌出木匠兄妹版本的〈加州夢〉（California Dreamin'）。我靠著椅背頭枕，喝過雞尾酒般又醉又睏。

像是回到很久以前，我穿著一件白色汗衫，一條藍邊替代役運動褲。我躺在木架床的下鋪，自滿頭大汗中醒轉。透氣窗灌進雪白的蒸氣。國小的替代役宿舍相鄰廚房，原本是廚房擺放材料的倉庫，大約兩坪大。夏天會有蚊蟲侵擾，悶不透風。坐起身後，覺得哪裡有點詭異，想了一下，發現是時間不對。廚房產生蒸汽火車般大量蒸氣的時間應該是十一點，悶煮的大鍋菜開鍋準備分裝到各班午餐桶的時候。而我躺在床上應該是餐後的午休時間。

我叫了睡上鋪的照鴻，沒有回應。我站起身，上鋪搭了一座水藍色的蚊帳，但沒有人在帳內。或許我睡過頭了？從早上睡到午餐時間？或許我今天排休，因此沒人管我睡到幾點。我推開紗門走了出去。廚房霧茫茫的一片，廚房媽媽都不在，而我打開雙臂都還抱不了的大鍋還在沸騰。今天的菜色是燉煮高麗菜與虱目魚湯，還有一鍋……炸雞？這也不對，國小營養午餐的菜色是不會出現油炸物的。然後我在氣霧中，看到一個晃動的卡其色人影。我走向他。

忽然之間，火光映天，那鍋盛滿熱油的大鍋起火了。卡其色的人影迅速越過我，在我們錯身的時候我認出他是照鴻，他的右手臂還是原生皮膚。他抓起一個水桶放在排水溝旁的水龍頭下。他打開水龍頭，裝滿水。我想大叫不可以，將水淋在熱油上滅不了火，反而會使水瞬間汽化，成爲超過一百度的高溫氣體向四面八方擴散。當我開口之際，水蒸氣灌進我的口鼻，嗆得我發不出聲音。然後，我看見照鴻在火舌前提起那桶水，我箭步上前要阻止他，但他就在我的面前，將整桶水往油鍋淋了下去。我看見了液態水如何消失，那張灼燒人的氣網如何向我與照鴻攫來，彷彿時鐘被調慢了，慢動作般上演。然後所有的光都熄滅了。

到這裡，我確定這是一場夢，我求自己趕快醒來。照鴻是在德國交換學生的時候燙傷的，跟國小的廚房無關。他跟我說過，他在宿舍的公共廚房煮食，不是很守規矩地做了油炸料理。忘記是因爲什麼事讓他離開廚房，再回來時油鍋已經著火了。意外發生之後讓他忘了很多事，或許是一種記憶的自我保護機制。他用保險理賠在德國結束第一期的療程後，草草結束交換生生活，飛回台灣辦了休學。幾個月後，他收到兵單，然後就到了國小與我相遇。從教育局接回照鴻的第一個晚上，他在洗膚色的壓力衣。他將壓力衣泡在紅色的水桶裡，像是一塊塊可拆卸的人皮。他說穿壓力衣是爲了阻止增生疤痕過度生長。

「眞奇怪，人體怎麼會不知道該長多少皮就好？」我好奇地問，因爲我胸口也有一塊過度生長的蟹足腫。一開始好像只是痘痘的小傷口而已，後來長成五、六公分長的活疤。

「你跟你的身體一樣呀，明明知道有些事情做多了有害，但都不能控制自己。」照鴻微笑說。

照鴻與我同住的日子不長，一方面是我退伍了，但在我退伍前，他就搬到校長室後面的一個小空間。因爲幻覺侵擾著他。每當中午他看到大量的蒸氣四散而出的時候，都彷彿帶他回到那個事故當下。燒燙傷的療程除了身體的治療，還包括心理的治療。一直到他當替代役的時候，都還會定期面會心理醫師。這種「瞬間重歷其境」的創傷症候群如果往更極端的方向，也就是「妄想」發展的話，會對於人的日常生活造成極大的危害，甚至具有致命性。舉例而言，如果照鴻走在北投，看見從水溝蓋蒸騰而上的溫泉霧氣，若這個畫面徹徹底底地帶他回到過去，失去現實的感覺，忘記他其實是走在人行道上，致使他逃向車輛熙來攘往的馬路，難保不會有憾事發生。面會心理醫師，協助他將創傷記憶修復成自傳式記憶是非常重要的。

我從夢中醒來，確定自己躺在露營車的床鋪後，環視周遭。照鴻背對著我坐在椅子上煮湯，玉米濃湯的香味隨著蒸氣飄入我的鼻中，大概也就是我做了剛剛的夢的原因。我猜，是第四度下車考察結束，天色暗了下來，行經過港隧道的時候，我不小心睡著的。

「你醒啦？」

「我竟然睡著了。」我不好意思地說，「大概是這兩天太累了。」

「看你睡著就沒叫你了。我煮了晚餐。都是簡單的東西，別介意。」

我看見小桌上有幾個保鮮盒，還有一盒雞蛋。保鮮盒裡裝著已經切好的胡蘿蔔、玉米筍、馬鈴薯塊、雞胸肉等。

「聞起來很香，一定很好吃。」

「太好了。」照鴻微笑說：「那我們去外面吃吧。」

我走下車廂，在車頂延伸而出的遮陽棚下，一套折疊桌椅已經設置妥當。我們來回幾趟，將煮好的濃湯與白飯端到餐桌。我們的露營車停在距離海還有一小段距離的海岸公園停車場，但視野極好，視線最遠處是融進天際的深藍色海平線。停車場內還有幾輛轎車，周遭非常安靜，除了海浪沖刷與蟋蟀的蟲鳴聲，以及我們談話的聲音之外，沒有多餘的雜音。或許，偶爾會從遠方傳來工程的聲音，但那聲音極為細小，可以忽略。

這是個滿月的日子，月光照在海面上彷彿鋪了一條光之路。往海的方向看去，天空較為澄澈，而往本島的方向看去，則帶著彤色的暈染。夏夜的海風有點涼，但不至於讓人覺得冷，我們在海邊吃著濃湯泡飯。

「照鴻，你又能煮東西啦？」我說。雖然退伍後我們每年聚會，但都是在外面的餐廳，並不確定他是何時能夠下廚的。

「大概是這一兩年的事吧。雖然我已經好很久了，但後來忙於工作，沒有時間下廚。這一兩年覺得生活不能只是賺錢，重新培養一些興趣，讓自己活得比較像一個人。」照鴻放下湯匙，壓低下巴，用另一種較慎重的語氣接著說：「你對我的印象可能難免摻雜著那個看得到幻覺、有創傷症候群的我，不過我要說的是，如果你能妥善利用幻覺，是一件很美好的事情。你看得到那邊還在飛的海鳥嗎？」照鴻指了海的方向，我不確定是否眞的有海鳥，但確實有些影子在閃動，「你覺得牠們會做夢嗎？」

「我不曉得，或許會吧。我自己在電影圈很能理解你說的『妥善利用幻覺』。國內的電影人要嘛專說夢話，要嘛失去夢想。我不曉得哪一個比較好，或許我比較屬於後者。當你工作不穩定、無限加班、劇組各種內鬥，錢又領得少的時候，什麼熱情跟理想都會被磨光。但我肯定，我們大部分的人都沒辦法『妥善利用幻覺』。我想問，你認爲夢也是一種幻覺嗎？」

「羅伯，你不覺得，夢是不是幻覺應該取決於你怎麼定義嗎？從文學上來說，現實、夢、幻覺，時常沒有清楚的界線；如果醫學上有較嚴苛的分類，分出夢跟幻覺或是知覺失調，都只是一種便於治療病患的分類法。就我自己的例子來說好了，我那時除了看到白色的霧氣、蒸氣會覺得不舒服，讓我眼前閃過可怕的場景之外，我也時常做惡夢，常常也是以緊張盜汗的狼狽樣醒來，然後又睡著。」

「嗯，我懂。那你說的妥善利用幻覺又是什麼呢？」

「把你的幻覺，付諸實踐。」照鴻說。我搖搖頭表示不懂。

照鴻回到車上，一會兒手裡拿著小小的白色束口棉布袋回到餐桌。他搖了搖棉布袋，發出石頭撞擊的聲音，然後將湯碗撥到邊角，將棉布袋拉開，倒出一顆顆色彩斑斕的琉璃石。

「這是我跟你提過的，我家從小在用的代幣。當然我家現在已經沒有那套制度了……」照鴻伸出食指，像下棋一般幫各色的石子推到特定位置。最後排出了一個高雄市捷運圖，並將多餘的石子撥到旁邊。「但我發現這些石頭還是滿好用的，你知道我是做運輸規劃的人，我常常這樣擺開石頭來思考，把那些腦海裡的幻覺，想像，看你怎麼稱呼，疊合在這些石頭上。有這個道具輔助，會讓你覺得無比具體。當然這是一個很累人的腦力活——疊合幻覺與現實。」照鴻意味深長地笑了一下，像是在說精彩的還在後面，「我有另一個發現，人際關係圖也可以這樣擺。」

照鴻打散高雄市捷運圖，選了兩顆胭脂紅的石子，分別推向我們兩人，然後手掌一掃，把剛剛撥到旁邊的石子以亂序的排列掃了回來，隔開了胭脂紅的石子。「現在請你規劃一條路線，讓代表你的紅色石頭抵達代表我的紅色石頭。規劃得好的話，代表你通往了我的內心深處，或許我們晚點就能在露營車上，一邊看著夜間的海一邊做愛。」

我看著照鴻誠懇的眼神，明白他不是開玩笑，但我笑了出來。他是一個不錯的學弟，但關於和他做愛，我倒是沒有認眞想過。

「你覺得隔著我們的石頭分別是什麼呢？」照鴻問。

我也伸出食指，推動一顆青蔥綠的石子。「這是我們的年紀，但我們才差兩歲，應該不是問題。」說著我就要把它推向旁邊，但照鴻伸出手按住我的手背，說：「你怎麼知道我不是愛大叔呢？」

「說的也是。」然後我停下這顆青蔥綠的石子。之後我們又幾次來回，有時候成功說服他，例如我用一顆紺青色的石子，說這是我們的貧富差距，而照鴻覺得那不屬於我們之間的距離。

「所有的運輸系統，包括爲了推廣而免費的公共運輸，都還是有成本問題。里程數與票價通常是用公式算出來的。除了票價與收支平衡問題，爲什麼要開這條路線，我認爲則是一個愛的問題。規劃道路或做運輸設計的人都是浮在天空的，感性太多而理性太少會很難辦事；相對地，沒有同理心、缺乏感性，或者說，缺乏對於美的追求，你也設計不出好的道路或運輸系統。畢竟人的需求，源自愛的需求；愛的需求，體現在運輸的需求。

「我二十三歲念碩士那年，在某堂運輸需求期末報告的動機上，很天眞地寫了『我存在於世界上的意義是，人與人之間的情感連結』這樣的話，然後根據這句話開始闡述我要如何在觀光區設置露營車出租，讓相愛的人可以享受旅行與親密時光。我也認爲當人類移動到一個風景秀麗、怡情悅性的地方，會有性愛的衝動是非常自然的。動物的遷徙不就是這樣嗎？移動到一個更好的地方，然後繁衍族群。

「那個報告最後被教授打槍。我那時不以爲然，但現在回想，那份報告的確太專注在性愛了。與其說是運輸需求規劃，倒不如說是移動式炮房規劃。」照鴻莞爾一笑，然後回到正經的神情，說：「但我覺得我的想法沒有錯，只是二十出頭歲，男同志的性又常常不受歡迎，才會過於偏執而寫下那份其實是抗議書的報告吧？」

談著、玩著，濃湯泡飯也涼了。我們吃得七、八分飽，照鴻提議晚點餓了再加熱當宵夜。我們回到車上，照鴻將車頂用力一推，車體空間像挑高設計一樣，寬敞了起來。然後照鴻搬出投影機，對準挑高後的天幕，問我想看什麼電影，我回答《海邊的曼徹斯特》（Manchester by the Sea）。

關於照鴻與他的燒傷，還有一個遺憾，也是第二階段關於他的爸媽究竟愛不愛他的解答。照鴻在德國念書的時候，交了一個德國男朋友瑞克。是一個一百八十公分，高大壯碩，有在健身的「半婚」成熟男子（這是照鴻自創的詞，指稱「類似婚姻，但沒有正式結婚的關係」）。玉米色的金髮與藍色的眼珠，總是有剃不乾淨、白天刮過晚上又冒出來的鬍渣。

受傷的消息傳回島嶼之後，照鴻的媽媽非常焦急，執意要到德國照顧他，並且帶他回家。一開始，照鴻考量到媽媽不會德語，無論爸爸有沒有陪同，來到德國想必有語言障礙，而且又是一筆不必要的開銷。到時是誰照顧誰還說不定呢。照鴻只想專心養病，專心接受瑞克的照顧。

瑞克的老婆也知道丈夫與照鴻的事。但該說是德國人感情觀不一樣嗎，還是特例？瑞克的老婆似乎很能理解，不覺得這是什麼悖德的事情。無論如何，照鴻心底也明白，他跟瑞克分別的日子提早了，在最後的相處時間裡，不希望媽媽來攪局。

回到島嶼的家之後，照鴻發現走廊上的白板被擦得一乾二淨。雖然上高中後家中再也沒有代幣制，但白板還留下過往的筆跡，視爲一種擺設，一種紀念。然而白板卻跟新的一樣，猜測還用了清潔液特別洗過，彷彿要將某個遺址連地基也徹底拔除一樣。

照鴻心裡不太好受，但他安慰自己，應該是出國當交換生的時候，家裡覺得自己長大了，這塊白板應該另作它用，才擦掉了最後一次諸如匯率、待辦事項的筆跡。照鴻心想，愛的面貌有時竟是透過傷害來呈現。

他想起出櫃後，與爸媽、妹妹一同到諮商室的情景。媽媽問諮商師是不是因爲這個代幣交換制度，對一個小孩子來說太艱澀、壓力太大，讓他預料之外地產生偏差行爲？也責怪爸爸爲什麼當初不能以純粹的愛來教養小孩，而要事事分明地要求他們的兒子？諮商師幾乎是對爸媽上了一堂多元性別教育課，安撫他們的情緒，並解釋性傾向爲同樣的生理性別並不是偏差行爲。然而照鴻知道，媽媽表面上是放心了，而她最深的心底並未完全相信。

燒傷後，由於媽媽過於堅持，終於讓忍受著肉體之痛的照鴻以嚴厲的語氣斥責媽媽：「你們飛過來要七、八萬的，浪費錢嗎？」一定是這句傷人的話刺痛了媽媽吧？那個當下，照鴻不能理解作爲母親，知道自己的兒子受傷之後的煎熬，未必不如他的疼痛。

「我忘了問你，白天遇到你的時候，你呆站在玻璃穹頂下，在想什麼呢？」電影放映結束後，我側臥在床鋪上問著照鴻。

「那是玻璃藝術呀，人跟人之間的關係也像玻璃，容易碎掉，但色彩可以這麼美麗。」

夜裡與照鴻躺在一起，看著窗外的星星，聽著海濤的聲音，像是我們漂流在大洋之中而不在陸地，既遼闊但孤寂，興起一股想與人產生親密連結的衝動。我問快睡著的照鴻，我晚餐時的人際交通系統規劃得如何，照鴻回了個半夢半醒、呢喃般的「不合格」後，逕自轉身睡去。那晚的記憶大概就是這樣了。

回到北部，我從朋友那接回我收養的橘貓里恩。由於是隻浪貓，並不確切曉得牠幾歲了，只是最近里恩生了胰臟炎，身體變得很虛弱。帶去給獸醫看，獸醫以一種溫柔但堅定的語氣判斷，里恩的壽命差不多剩半年了。與照鴻的對話中提到電影業多麼榨乾一個人的裡裡外外，但那卻不是我想離職的原因。一部長片大概是三個月的拍攝期，我想，結束之後，先陪著里恩走完最後一段路，再規劃後續要做什麼吧。

這次勘景南下高雄市，本來放心不下里恩，但現在的大眾運輸對於貓狗、寵物上車管制頗多，我想起照鴻的話：「愛的需求，體現在運輸的需求。」或許關於高雄市抑或島嶼的交通願景，很久很久以後才會實現。

子城

有時我會思考一些問題，我的子宮是否幽深如一座迷宮？黑色的迷宮，許多高聳的牆阻隔，使得丈夫志平的精子永遠無法抵達。真是那樣的話，游在其中遲遲無法著床的精子未免太可憐了吧？丈夫與我今年已經三十二歲，一直沒有小孩讓我感到焦慮。

我知道，即使與我同年齡的朋友中，也不是每個人都有子女，甚至他們不願意結婚。我不知道該如何形容想擁有小孩的強烈渴望。它像是溪流一直在我的心間緩緩流動，有時遇上暴雨，河水會湍急幾天，而後歸於平靜。在溪水湍急的那幾天，會出現與丈夫之外的男人做愛的想法。

幾年前與一位大學時期的女性同學在市區的咖啡店，聊到對生小孩的看法。我說這大概是一種母性本能，她卻用簡單的話語，說我被父權思想洗腦了，才會認爲女人一定得生孩子，讓我很受挫。雖然之後還是會跟那位同學喝下午茶、吃點心，卻從此不敢與她討論生孩子的事。

願意支持我想法的是一位退休的段老師。段老師的兒子在新竹科學園區當工程師，她小五的孫子則是我補習班上的學生。放學的時候，總是由這位稱得上年輕阿嬤的段老師來接孫子回家。幾次見面後，她善意地稱讚我長得清秀、教學用心也很有氣質，問我結婚了沒有？我感謝段老師的讚美，並回答已經和丈夫結婚三年多了。志平在任職S國中後第一年的十二月向我求婚，我答應了他，並在幾個月內舉辦了婚禮。

段老師說眞是可惜，不然她有個姪子正値適婚年齡，二十八歲，單身，身高一百八十，長得不比秦漢差（問我知不知道秦漢是誰？），也在竹科工作，年收入超過一百萬。當我說出我已經三十二歲，即使沒結婚恐怕也不適合的時候，段老師笑著說：「娶某大姊，坐金交椅。」還直誇我保養得好，當我是二十六、七歲的小女生。

提到丈夫，段老師陸續問了丈夫做什麼的？打算生小孩嗎？一系列的問題。通常我的同事遇到這種打探身家的家長會感到不耐煩，我卻沒有這樣的感覺。或許是段老師分享她生孩子的經歷吸引了我，她從師專畢業後兩年就嫁給了學校裡的男老師。總共生了兩個兒子，一個女兒。她鼓勵我可以趁著年輕，體力與身體狀況較好的時候，生個孩子。她認爲有了孩子的人生不能說是過得更好，也不可能過得更輕鬆，人生卻更完整了。我問段老師**更完整了**是什麼意思？她簡短地說，我們總是認爲人生是完整的，只有進入下一階段的時候才會發現上一階段沒有什麼。年輕的時候以爲把書念好就是完整了，出社會後發現人生不會只有念書；擁有小孩的道理也一樣，沒有小孩之前覺得自己過得好就好，有了小孩之後才會明白什麼是過去的自己沒有的。正當我想追問更仔細的時候，一旁的孫子早已飢腸轆轆，吵著阿嬤趕快回家。

我與丈夫志平來到六家生活邁入第四年。當初因爲志平考上S國中的正職教師，隨著他一起從家鄉高雄搬到這裡。雖然是第四年，卻一點也不覺得熟悉了這座城市，像是走進一座氤氳著霧氣的森林。

這座城市總是欣欣向榮，一切都是新的，四處可見新式電梯大廈與未完工的建案、裝潢流行的網美餐廳。高鐵站金屬的外殼在白天反射著太陽的光輝，夜間則是一座巨大的燈的堡壘。路上三十歲上下的年輕人與國中小學的孩子也很多，常常群聚在手搖杯茶飲店前。S國中也沒有學生缺額的問題，同一年還增聘了化學、國文兩科正式老師，志平便是其中一位。

我在附近的補習班工作。說是補習班，或許不太準確，它並不像傳統補習班那樣，著眼於孩子的段考分數高低，所有的課程只爲了在校成績優良，最終目標則是考上所謂的明星高中。我們的「悅識數理」，以全人教育爲理念，重視實作，樂在學習知識。雖然是很好的理念，但向朋友說起總是難爲情，眞的，我是因爲認同它的教育理念才投身在此工作的。不過，關於補習班的話題還是就此打住，免得讓你誤會我想對你招生。

不曉得你會不會認同，三十二歲的女人擁有穩定而高質量的性生活是一件值得慶幸的事情？我聽結了婚的朋友說，有的老公婚後不怎麼碰她，或是對於做愛這件事總是草草了結，抓到偷吃的也有。一開始聽這些故事，都讓我感到不安，害怕這樣的事會不會有一天也發生在自己身上？那位老公偷吃的朋友警告我，一定要維持自己的美貌與身材，不要讓老公對你失去興趣。說完，她又感慨地說，男人偷吃也是求個新鮮感，自己也不是不美了，但家花哪比野花香。

我不敢想像志平有出軌的一天，也不敢想像他不再與我做愛之後的日子。志平雖然沒有運動員般的身材，至少維持著一週至少三天的運動習慣。他喜歡慢跑，跳繩，也拉單槓、做伏地挺身。當他壓在我身上的時候，我喜歡抓著他粗壯的手臂，看著他專注的神情，享受他一次次的撞擊。志平做愛的時候，會散發一種幽微的氣味，一種費洛蒙？那樣的氣味，稱不上香味，不是梔子花、玫瑰、佛手柑那樣甜膩的香氣，也不是茶樹、薄荷那種清新的香氣，說來你也許覺得不舒服，但那是一種動物性質的氣味，令人聯想到的是一頭雄獅、公象，或是任何可以稱之威武的雄性動物。

志平無論是在做愛的前中後，一切細節都周全而溫柔。說是溫柔也不太對，那種撞擊所引起的痙攣，接近暴力（溫柔的暴力？），彷彿我是一顆被丟向山壁因而碎裂的鵝卵石。志平靈活的手指，也總能在前戲的時候，像善於挖掘井水的師傅，引動我的濕潤。有時甚至覺得，光前戲就足夠了。志平那裡的大小也相當勻稱，形狀剛強美麗，彷彿是一把天生的鑰匙，與我的鎖孔搭配。我所有的理性思緒，都會在鑰匙旋入一刻塊狀潰散。

志平有一天也會這樣對待其他女人嗎？我不敢想像。

我和志平的婚紗照是在南寮漁港拍的。南寮旅遊服務中心是仿聖托里尼藍頂教堂的建築，圓頂上自然沒有十字架。一旁還有由三個大鐘構成的圓拱鐘塔，我們的第一組照片就在這裡取景。那是個晴朗無雲的星期日上午，攝影師說眞是個拍照的好天氣。我穿著一件拖著長擺的低胸無袖白色婚紗，長擺上覆了一層綴花薄紗，風吹過的時候會像蒲公英般輕柔飄起。待我補妝之後，志平已穿著一身白色西裝與黑色皮鞋站在鐘塔下等我。

那時的我彷彿看到一個畫面，是幾年後牽著兒子的手（不曉得爲什麼不是女兒），和志平一起站在同樣的位置拍下全家福相片。距離那時的夢想不知不覺已經過了四年。

顧著講我，也許該告訴你更多關於志平的事。不如就從他對於生孩子的看法說起吧。

我和志平是在二十五歲的時候認識的。是我攻讀碩士的最後一年。爲了養活自己，在一間早午餐餐廳打工。我的同事阿B是志平的大學同學，後來當教育替代役的時候同樣分發去了台南。替代役期間，與另外兩位學長、一位學弟時常玩在一起，到處騎車機車在台南晃蕩，久而久之形成了一個小團體。他們之中，還有一名俏麗可愛的女生，像是少女漫畫裡走出來的一樣，總共六個人。退伍之後，每年三至四月還是會約出來聚會，進行一至兩天的旅遊。

阿B那天還要上班，待人數到齊後，走出吧檯，俐落地丟下五份菜單，用不同於職業笑容的粗魯口氣說：「幹，自己看要吃什麼啦！」志平也幹了回去，說：「幹，我要投訴你，態度不佳。」

下班之後，阿B問我要不要一起跟他們去愛河逛逛，可能是沒看過一群退伍男生的互動模式，有點新奇，因此答應了阿B。答應之後，阿B特別說明，他們之中哪兩個是男同志不要選，而連同志平在內哪兩個男生是直男，可以考慮。阿B平常就愛開玩笑，卻沒想到最後我眞的和他們之中的志平結婚了。

與志平開始交往全然憑著感覺，不會想到久遠以後的事。直到幾個月後，我通過口考，順利畢業，才開始計畫著將來。那時志平都在美濃的M國中擔任代理教師，他說等考上正式老師就會娶我。我也不想給他過多壓力，小孩的事暫時擱在心裡。

第一次和志平做愛在他位於M國中附近租屋處的床上，而這也是志平人生中第一次做愛。他的表現超乎預期。阿B介紹志平那天，有特別強調他是處男，卻沒想到眞正做的時候，老手一般地熟練。我事後問他怎麼這麼厲害，他說A片學的，我打他，叫他以後不可以再看A片。

結婚之後，我認真向他談起是否該生小孩，一併引述了公公婆婆想要孫子的想法，企圖說服他。志平陷入沉默，似乎在衡量是否有能力負擔。在他的計畫裡，有房子比有孩子優先，如果同時要有房子和孩子，生活可能變得拮据。我說我也有在賺錢，經濟不是問題。最後志平答應了。

兩年過去，始終沒有懷孕。我開始懷疑是志平還是我身體上的問題。我掛號了醫院的婦產科檢查，結果一切正常，醫師請我也把丈夫找去檢查。對於要何時開口、如何開口要求志平去醫院檢查，我猶豫了很久。雖然志平在性生活的表現上很好，但過往的經驗，只要提起性方面的事，男人總是特別敏感。即便沒有要和對方使用，男人們總是誇耀下面的長短，計較粗細、次數、時間、精液量。

如果檢驗的結果，志平有寡精症，會打擊他的尊嚴嗎？如果真是寡精症，那應該是著治療，還是做IVF（俗稱試管嬰兒）呢？真如那位說我被父權洗腦的同學說的一樣，想著生小孩的女人是被壓抑的、不快樂的、失去主體性的……

又到了一年一度前替代役男們的聚會時間，由於成員之中有三位是中學老師，於是他們將聚會時間改到七月暑假期間。這次的地點選在台中，其中一位叫小葉的直男在那裡工作。

志平一早吻了我的額頭，拎著旅行袋前往高鐵站後，我也開始了一天的行程。我本來打算到附近的早午餐店，吃份煎培根與美式鬆餅，搭配一杯冰拿鐵，一邊撰寫新的教案，走到店門口才發現臨時公休。

我拿出手機查詢附近是否有同樣性質的餐廳，輸入「早餐」之後，跳出幾個平價連鎖早餐店的建議清單，然而它們不符合我要在店內使用電腦的需求。最後我選了一間位於七百五十公尺外兼賣輕食的咖啡廳。

雖然只有七百五十公尺，我還是設定了導航帶我去。我知道有些人可以瞄了一眼地圖就將手機收進口袋，憑著記下來的路線前進，然而我不行。一直以來，我自認方向感並不好。在日新月異的城市中，沒有什麼可供辨識的商家作爲路標。如果以連鎖商店作爲地標，恐怕會將兩家 7-11 誤認爲同一間，而有原地踏步的感覺。

六家地區的道路規劃大致呈棋盤方格狀，相同的路名可能會有一街、二街、三街到十一街都有。照理來說，已經是相對容易在概念上理解的道路設計。然而建築地景並沒有形成容易辨認的區域。在一個具有規模的建案中，會有連續好幾棟同款式的大樓，但在邊界處會是一棟舊公寓。隔一條馬路，可能又是完全不同的邏輯蓋成的一座大樓。失去地標、區域幾個重要參照，彷彿失去羅盤的旅人，在烏雲密布沒有星光的夜晚行走。話說回來，這也不是六家的特色，國內大多數新興城市都存在這樣的問題。

當我走著的時候，路邊忽然有人按下車窗，在駕駛座上喚著我的名字：「佩榕！」我向馬路一看，男子的臉半掩在車頂下的陰影，看不清楚。他微微探出頭，這才露出一個我曾經熟悉的臉龐，是我大學時代，抽到的電機系學伴——張誦國。

「沒想到在這裡遇到你。」誦國雀躍地說。

「是呀。差點認不出你了。」

「你也搬到這了嗎？」

我猶豫了一下答案，說：「嗯，我在這附近工作。」

「你趕時間嗎？」

「不趕，只是有點熱。」

「我剛搬來，不如你推薦個早餐店吧。」

誦國挪開了原本放在副駕駛座上的公事包，我坐了上去。車子開動後，誦國視線看向前方的道路，我才有機會好好地端詳誦國，以免對上眼神時的尷尬。他的身形與相貌沒變多少，只是過去的他喜歡踩著夾腳拖，穿著廉價圖樣的海灘褲，如今在車上的他穿著黑色襯衫與西裝褲，同款的西裝外套對摺成一半，平靜地躺在後座。剛剛要不是他在車上、只看見他那沒變多少的臉，而是從遠遠的街邊走來，一副成功商業人士的模樣，我大概也認不出來。

照理說，我應該拒絕他的邀請，並表示已經結了婚，但不知爲何沒有說出口。直到傍晚一起去了頭前溪畔的豆腐岩，終於明白了爲什麼。

初來新竹的時候，聽到同事問起去看過豆腐岩沒有，很近。我納悶地反問是野柳那種豆腐岩嗎？那不是應該在海邊嗎？同事笑著說不是，是一個位於頭前溪畔的小景點，吸引了許多年輕情侶到那裡拍照打卡。

我看著同事查給我手機畫面，原來是隆恩堰下游爲了延緩河床刷深的消波塊，人造的混凝土方塊，以整齊的階梯狀排列在溪水之中。當時的我並不覺得這有什麼美感。當誦國開過農村曲折的小路，帶我來溪畔的時候，我也明白了，與其說是欣賞美景，不如說是一場冒險。

夏日的夕陽總是特別長，夕陽透過溪面的水氣照在人臉上，光影更添層次。人的臉頰上像是多了一層飄忽不定略微淡黃的紅暈。向著夕陽與河面共存的角度看去，人與紅光橙光交錯的水面形成了一張，拓印著甜根子草的版畫。一面向山，有火車經過；一面向都市，看見微縮後的大樓像模型。美的不是消波塊，是百公尺的溪水作爲反光板，天空作爲攝影棚，夕陽作爲暖光棚燈，只差攝影者舉起相機。

我看著年輕情侶，男生牽著女生的手，一格格跳到豆腐岩中央。前半段的溪水漫過了岩面，顯得有點濕滑。印象中手機畫面的照片，水位比較低，所有的岩面都是乾的，還原了它們身爲混凝土的本質。

「今天的溪水好像比較湍急。」我說。

「大概中午下過西北雨吧。」誦國回應道。

一個月後，我的月經遲來，到藥局買了驗孕棒，確定懷孕了。由於志平去台中之前與之後都有與我做愛，因此我不能肯定孩子的生父必定是誰。我走出廁所，志平不在。客廳的書桌上擺著一份字音字形教師組測驗的練習卷。他一直是學校裡字音字形比賽的指導老師，同時也是參賽者。

攤開的那一頁是字形。志平已經填完了答案，也用紅筆訂正了。因此我唸得出試卷紙上所有的字，彷彿看得懂它們。

誅凶「殄」逆
「彘」狗不若
「彌」天大罪
斗筲穿「窬」
群起攻「訐」
睚「眥」必報
「豁」口截舌

我試著一句句把它們輕聲讀出來。讀完一列後，視線回到了試卷最右方，反而有三個簡單的字唸不出來，也不知道是什麼意思了——教師姓名：「王志平」。我難過地流下眼淚。剛好，志平從房間走出來，看見我在哭，問我怎麼了。

我有兩個答案，「我懷孕了」、「我唸不出你的名字」，兩個都是事實。事實會因爲少說一個而成爲謊言嗎？謊言會因爲隱瞞成爲事實嗎？

我什麼也不說，將握在手裡的驗孕棒遞給志平。志平看了一眼，帶著一種難掩的激動問我：「兩條線是什麼意思？」

我點點頭，然後他緊緊抱著我。志平問我可不可以公布這件事，我說等等吧，不是懷孕未滿三個月不能說嗎？而我心裡想的其實是，有沒有辦法檢驗胚胎的 DNA ？但如果不是志平的，我會有勇氣將他殺掉嗎？

志平還是講了，跟他的替代役夥伴們。他接到了兩通祝賀的電話，分別是夥伴中的男同志羅伯和直男阿B。男生們都很開心，即使沒開擴音我也聽到了他們的對話。

「喂，你要當爸啦。」羅伯說。

「幹，你那麼魯，還第一個當爸。」阿B說，「還不感謝我。」

「恭喜啦。」羅伯和阿B都說了這句。

「謝謝。」志平對他們都說了這句。

志平的好心情一直到了晚上，興奮到似乎沒有察覺我眞正的心思。我表現出來應該沒那麼高興，或是我的「假裝」沒被看出來。隔天，他們六人進行了一場網路電話會議，補足了男同志照鴻、直男小葉與漫畫少女伊凡略遲的祝福。

幾天後是補習班的校外教學。我們帶著班上高年級與國中的同學爬大崎崠登山步道。由一名講授自然科的老師負責沿途爲同學們講解所見的動植物。步道全長約兩公里，屬於難度較低的郊山步道。

走到山頂的觀景平台，學生們紛紛爲了登頂歡呼，不一會兒全擠上木棧觀景平台眺望。我跟了上去，要他們注意安全。待學生們稍稍退去亢奮喜悅的心情，不再大呼小叫之後，我也欣賞起眼前的景色。首先看見的是山腳下的橫山鄉，看見映著天空藍的油羅溪後，沿著水道往更遠處看去，是與上坪溪匯流後的頭前溪，流經芎林、竹東，以及我所居住的竹北地區。最遠，依稀可見台灣海峽，海的邊線像模糊的幻影，與雲層交疊，不甚清楚。

或許是我始終帶著忐忑的心情，一般人看到遼闊的風景，應該會相當舒坦放鬆，我卻想起了一件和志平有過的爭論，是件小事，但那次的爭論讓我們都很不快樂。

志平還在高雄M國中任教的時候，同樣是負責字音字形競賽的指導老師之一，不過是跟在另一名資深國文老師身邊，有時像小助理。一個晚上我待在志平的租屋處。看見他認真地在寫題目。我湊近他，問：「你都懂這些字詞是什麼意思嗎？」

「不一定。」

「你只知道怎麼寫跟怎麼唸而已？」

「有些是這樣。」

「這樣有意義嗎？」

志平有點生氣，但好像不知道怎麼反駁。口氣不太好地回說：「這就是字音字形比賽呀。」

我想起了這件事，還多了一個想法：如果把一個字放得很大很大，大到像一座城市，我們走在其中，是不是就是一座字迷宮了呢？例如「嚚」訟的「嚚」，上下共有四個口，像是城市裡劃分出來的四個區域。臣中央連接方格處則是主要幹道，一條路，在方格區域成爲地下道暫時隱沒。每一個字，都可以成爲一座流失意義的城。

從大崎崍回來後，我開始反覆地做著一個夢。我會看見一個巨大巨大的山壁，壁上有一道裂縫，足供一個人走入。夢裡的我無論如何都會走進那個入口。進入之後，一切是黑暗的，我卻看得一清二楚，是一座巨大的迷宮。彷彿光源充足，只是所有的牆面是非常深的黑色，呑噬了大部分的光源。

我不能說我走到了出口，但每次夢的最後，我會在迷宮可能是中央之處，看見一種發光的物體。這發光的物體會隨著我的妊娠週數而有變化。例如三個月的時候，光輝稍稍退去，露出肉色、勾玉狀的形體，規律地跳動著。

四個月，此物體的形體越來越像個人類嬰兒，然而因爲過於巨大的比例，以及始終蜷縮著，讓我也無法斷定這是不是一個嬰兒。但我爲自己解夢，認定我在夢中走進自己的子宮。會不會是我曾經想殺害這名嬰兒，而這可怖的念頭被我壓抑到了意識深處，才以夢的形式糾纏著我呢？反過來說，如果我在夢中殺了這名嬰兒，現實中的我有同時流產的可能嗎？

五個月，我決心嘗試一次。

在這一次的夢裡，當我走到迷宮的最終位置時，我掄起拳頭，往散發著微光的物體狠狠揍上一拳。我看見物體上有種類似血管的東西破裂了，但它流出來的不是紅色的液體，而是白色的光輝。我用力地擊上第二、第三拳，直到我彷彿徜徉在一種光之海中——隨後我便醒了，順手撫著著隆起的腹部，絲毫沒有改變，我仍可感受到存在於我身體內生命的脈動。

但我的手並不只是停留在腹部，而是順著曲線而下，以手指開始撫弄起自己的陰部。我的手指如棒針一般，勾出了一匹濕潤的光之緞布。

過去幾個月因爲懷孕初期的緣故，一直未和志平做愛。即使到了第四個月，或許因爲腹部的突起讓他不能適應，又或許因爲擔心傷及胎兒，沒辦法像過去一般，將他部分的自己猛力送進我的體內。我不禁問自己，我身上還有哪個部位可以讓我與志平恢復美好的往日生活？

我首先想到了嘴。我願意爲志平口交，吸吮他的龜頭。但若是要整根放進我的口腔甚至喉嚨深處，加上現在懷孕，噁心想吐的感覺肯定會加倍翻騰。況且嘴也承受不了那麼快速的抽插，或許還會以牙齒傷及那柔嫩而堅挺的性器。

難道只剩那個地方了嗎？

幾天後我搭乘高鐵前往板橋。走到馬路上，陽光照射在玻璃帷幕大樓，相當刺眼。我戴上墨鏡，跟隨導航走進幾百公尺外，陳舊狹窄的巷弄裡，走進與羅伯約定好的貓咖啡廳。

說起貓，我對於貓這種生物雖然沒有反感，但也稱不上喜歡；比起貓，我更喜歡狗，尤其像薩摩耶犬那種毛茸茸的中大型犬，我覺得只有像這樣的狗才能給我足夠的安全感。

幾天前我上網找了一下關於異性戀肛交的資訊，大部分寫了女性對於肛交不像男性擁有前列腺，不會因此高潮；搜尋的過程中也出現了一些日本A片的連結，我沒有特別點進去看，因為我主觀認定A片是一種表演，即使不舒服也會演得享受其中，大概不具參考價值。然而有些專欄則說雖然女性沒有前列腺，但如果能增進夫妻間的情趣，配合手指逗弄前方，也可以達到前所未有的境界……總之說法如此分歧，促使我決定找羅伯好好諮詢一番。

我與羅伯也並不是那麼熟悉的朋友，要聊性方面的事還眞是有點尷尬——事實上，我鮮少與他人談論性，我總認爲那是一件相當私密的事。也或許直至今日之前，志平在性方面的表現一直很卓越，使我沒有相關的煩惱。

我進門的時候，羅伯已經坐在靠牆邊的一個沙發上了。他的腿上趴著一隻縮成一張毛毯的虎斑白底雙色貓。羅伯慈愛又輕柔地拍著牠的屁股，一瞬間讓我聯想到志平也會那樣拍我。

「嘿！你來啦。」羅伯爽朗地打招呼，「先點餐吧。」

「你好，麻煩你抽空來跟我喝咖啡。」我正要拉開沙發時，看見羅伯挺起身似乎想紳士一回，幫助我這樣的孕婦順利入坐，但顯然那隻虎斑貓沉沉地壓住了他的雙腿。我想起貓奴間流傳的諺語：「憐蛾不點燈，愛貓不起身。」第二句可依狀況置換爲「愛貓不發車」（當牠睡在機車座墊上或躲在轎車底下乘涼時）、「愛貓不工作」（當牠佔據你的電腦鍵盤時）。

「不會啦，我才麻煩你從新竹北上咧。」羅伯翻開菜單，指著某幾款咖啡和輕食向我推薦。點餐完成後，羅伯進入正題。「所以——好啦，我就直接點，所以你要我教你肛交喔？」

羅伯沒有壓低聲音，讓我不自在地看看鄰桌客人的反應，幸好沒有人理會我們。「好像太直接了，不過也證明我找對人了。」我尷尬地笑著說。

「是怎樣？平仔跟嫂子你性生活不美滿喔？」

「不美滿——」我思忖了一會兒，「懷孕總是會有影響的吧？」

「喔？那平仔有偷吃被你抓到嗎？」

「沒有。」

「偷打手槍被你發現？」

「我不曉得。」

「哎呀，嫂子，你這樣不行，什麼都不知道。不過我也已經很久沒有肖想平仔的肉體了。回想起來，那時一起住在替代役寢室的時候，我記得他的屌挺大的。應該不錯用吧？」可能隨著羅伯講話越來越起勁，身體動作幅度越來越大，虎斑貓起身跳離了他的大腿。

「你看過？」

「硬的我沒看過啦，但他只穿內褲的樣子我看過啊。下面超大一包的耶，幹。」羅伯說得神采奕奕，「啊，對不起，我罵髒話了。」

我對羅伯一點也不見外、認眞自然的態度感到很有趣，讓我放鬆不少。「我記得你比志平大？」

「不知道耶，他幾公分啊？你有量過嗎？我猜是他比較大啦。」

我笑了出來，「我是說年紀啦。」

「喔喔喔——對呀，沒記錯的話我大他兩歲。怎麼突然提這個？」

「可能是你跟志平差很多吧，志平總是很拘謹，說好聽當然是穩重成熟，但有時兩個人一起待在家裡，會有點喘不過氣的感覺。也可能是這樣，我一直很想要孩子，可以轉移注意力吧？」

「這個說法很有趣呢！我只聽過被小孩綁住失去自由的太太，第一次聽到有了孩子而得到自由的媽媽。」羅伯笑著對我說，「好啦，我不知道我可以幫你什麼，但畢竟給你魚吃不如教你釣魚，教你釣魚又不如告訴你漁場在哪裡，雇用別人去釣，自己坐收利潤就好。所以呀，比起教你肛交什麼的，還不如直接派我去被平仔幹，解決他的生理需求。嫂子你就專心安胎吧。」

我苦笑，但這個提議又好像具有某種魔力，讓我不得不細思它的可行性。

雖然與羅伯聊天的過程我覺得相當歡樂，卻依然無法解決我的困境。這幾個月來，我的思緒不停迴旋環繞至與誦國相遇的那日。我們在摩鐵準備退房的時候，誦國向我坦誠他其實已經結婚了，但感情生活觸礁，準備爬上離婚的海灘。爲了確保離婚官司順利，他說還是別聯絡的好。

我相信誦國說的前半段，但不聯絡眞的是因爲離婚官司嗎？這點我持保留態度。就像異性戀版的羅伯一樣，四處尋歡獵豔是生理男的樂趣與本性。或許促使誦國婚姻觸礁的就是他這種路上遇到的女人都可以帶去摩鐵的性格吧？

我走出高鐵新竹站，夜的黑霧已經瀰漫在島嶼的每一個角落。招了計程車。我略感疲憊地靠在黑色皮沙發上，脖子與腰因爲懷孕的緣故，常常感到酸痛，尤其今天走了不少路。我調整了自己最舒服的姿勢，將頭靠在沙發上緣，而不是原本設計的頭枕之處。

我向司機報了地址，一輛黃色的計程車便這樣開入了萬般燦爛，卻最蒼茫的新興之城裡。

雲蹤

研究所的學長曾經告訴我一個寫作祕訣：「你玩什麼就會寫出什麼。」這句話有如學長用他不可知，但據我主觀認定又大又粗的肉棒敲在我頭上一樣，達到當頭棒喝的效果（畢竟又細又小的棒子敲起來肯定沒什麼感覺）。不過遺憾的是，就算我對學長有那種的那樣的方面的想法，學長對我當、頭、肉、棒、喝這樣的好事，卻從未發生過。

關於「玩」，首先想到的是我的名字叫王元皓。由於小時候功課不好，字也寫得醜，常把自己的名字寫成這樣子：王元白告。

老師也會在發考卷的時候故意用「王元白告」四個音節的發音來稱呼我，讓我感到一陣羞愧；同學更壞心，叫我「玩皓」，調侃我只知道玩。

所幸升上大學之後，越來越少機會手寫名字，教授的點名單也都是端正的新細明體或標楷體，工整的樣式不再讓人混淆，「玩皓」這個綽號就逐漸消聲匿跡了。順帶一提，我的名字跟一個冷笑話有異曲同工之妙：有個人叫楚中天，但大家叫他林蛋大……

回到正題，關於「玩」我眞正想說的是，在我小的時候，家裡開的是電動間，有記憶以來就是這樣。當然啦，一九九七年台北縣換了新縣長蘇貞昌，加強對電動間的取締之後，那些大型電玩機台就被拔掉插頭，啪的一聲消失在世界上了。

電動間開在板橋的松柏街，店名叫「天明租書城」。如果你不是那個時代長大的朋友，或許會疑惑爲什麼不叫〇〇電動城而是租書城？該怎麼說呢，你要說這是掛羊頭賣狗肉也可以，「電玩」在它誕生的年代，可謂毒蛇猛獸，像是撒旦在撒蛋，散布全台，孵化更多的邪惡之子。前排以漫畫店作爲門面，漫畫店後，經過一道暗門，後方才是眞正賺錢的電動間。

漫畫店大概有二十坪大，裝潢簡單，白漆水泥牆，日光燈，磨石子地板；書店中央放著兩排皮革沙發背靠著背，有橙汁黃、湖水藍、青草綠這幾色，爲這整齊的店面增添幾分色彩。架上什麼漫畫都有，當時最流行的《灌籃高手》、《九龍珠》、《七龍珠》、《中華一番》，還有其他許多水汪大眼的少女漫畫，也有雜誌、小說。櫃檯經營副業，在一面黑布上別了許多卡通別針，諸如《蠟筆小新》、《小叮噹》（多啦A夢）、

《Hello Kitty》，還有一些純粹可愛的圖樣，鬱金香、飛鳥、外星人等。

當你推開一扇塑膠門，沿著遮蔽用的木板穿過黑暗的門廊，會來到一處十多坪大的魆黑空間。一盞掛在正中央的白熾燈泡是這處的主要光源。即使你白天光顧「裡・天明租書城」，這是一處陽光照不到，受家長、學校與政治人物詛咒之地。玩家手中的菸是召靈儀式的線香，焚出的裊裊白煙引領玩家穿越現實至另一種現實的世界。這裡擺放著一種特殊的沙漏造型的塑膠椅，通常是綠白兩色組成。它可以顛倒置放，如果你喜歡綠色在上、白色在下，抑或相反。當玩家坐上沙漏之椅，將不會發現他們的時間與金錢也隨著沙漏滴至不可見的深淵之處。

走進電動間，《格鬥天王》的殺伐聲、《越南大戰》的槍炮聲、《小瑪莉》大吐銅板之聲，不絕於耳；這些來自另一個世界的聲音，與黑暗空間裡因爲手殘被魔王擊倒的抱怨聲、押了不對的水果方格而得不到賭酬的幹聲、朋友間互相較勁的吆喝聲，同樣震徹。

在深淵的最深之處，爸爸接住了那些金幣，而我接住了那些時間。

或許該這麼說，我喜歡「玩」與我喜歡「棒狀物」都由此開端。小時候的我會隨著爸媽到店裡顧店，那時我還不認得太多國字，無緣架上成堆的小說漫畫。每次到了店裡，就是向爸媽拿了一袋銅板之後到「裡・天明租書城」去玩。我對賭博電玩一點興趣也沒有，甚至疑惑爲什麼大人可以對著那奔騰旋轉、閃著黃光的方格感到興奮？而當《小瑪莉》銀色凹槽吐出銅板的時候，又能稍微那麼瞭解一點點，畢竟就是那些可親可愛的小銅板才可以啓動《侍魂》、《戰斧》與《吞食天地》。

在眾多電玩裡，我最喜歡的不外乎也是充滿棒狀物的《棒球殺手》。《棒球殺手》可以選擇的角色總共四名，分別是黃色的 Roger、綠色的 Ryno、藍色的 Straw 與紅色的 Jose。黃色的 Roger 像隻野熊，拿著巨型棒球猛砸；綠色的 Ryno 又矮又小，像是發育不良的國中生，但他身手敏捷，招式能控制雷電，三不五時以手中兩枝短球棒飛到空中；藍色的 Straw 握著長棍，像名武僧，身材高瘦，必殺技是召喚水龍，將畫面上的敵人沖走；Jose 是理想中的男主角，身材適中，散發鄰家男孩的氣息，是那種日本動畫裡讓人期待與喜愛的少年形象。

不知道你會不會懷疑，年紀這麼小就懂得迷戀棒狀物了嗎？我只能告訴你：「男孩子就喜歡陽剛的玩具，例如男人。」當然，對於同一種玩具，每個男孩會有屬於自己的玩法，有的喜歡把玩具放進口中嚐嚐它的味道；有的喜歡拆解玩具瞭解其中的祕密；也有只喜歡中規中矩玩的，這類男孩會想先知道說明書上的建議玩法，而不是透過自己天馬行空的想像編織樂趣。

現在回想起來，我不曉得當初來「裡・天明租書城」的高中生是怎麼看待裡世界有一個純眞無邪又可愛的小男孩拿著一袋錢幣跑來跑去？我也不曉得當初那些坐在我身旁的大哥哥們是基於何種情形才和我一起闖關的？我跟媽媽說今天遇到一個人很好的大哥哥，他教我怎麼放大絕，沒想到媽媽只笑笑著說：「那只是他沒錢啦。」的確，是我分享我的五塊錢讓他能加入戰局。

租書城收攤後，變賣了大部分值錢的熱門漫畫。我問媽媽爲什麼不留下那些好看的，媽媽說別人要收是收包套的，意思就是出售的部分可以包含那些叫不出名字的漫畫但不可少了《靈異教師神眉》。最後難免剩下一些包套對方也不收的書籍，尤其是比葉菜類蔬菜還不耐放的言情小說，就是你過去可能看過，擺在路邊一本十元的那種。

有一陣子，家裡某個房間堆滿了來自天明的舊貨。或許是爸媽覺得對這些書籍帶點感情捨不得丟，抑或是未來我識字後當作好兒童的課外讀物，讓我能立志做總裁之類的。可惜的是，這些書等不到我能以全篇國字寫下作文〈我的志願〉前便長了蛀蟲，全部秤重賣掉了。

除了書，「裡・天明租書城」的其中一台街機也來到家中。對我來說，這才是珍寶，直接把電動間開到家裡來。爲了方便更換遊戲，爸爸把機台下方的木製底版拆了，露出連接映像管螢幕的電路板。你或許擁有過 Game Boy、PSP 或新潮的 Switch，它們的遊戲卡帶、光碟都小小一片且越做越迷你，從掌心一般大進化到兩指節的大小。而街機的遊戲「卡帶」就是一整片 A4 左右的電路板。像這樣的遊戲電路板是整台街機裡最值錢的部分，爸爸只保留了兩、三片我比較喜歡的，其他都變賣了。想更換遊戲就先關掉電源，將排插插進想玩的遊戲電路板中，然後開機。至於投幣的部分，可以選擇將掉落錢槽的硬幣拿出來重投，也可以撥動投幣孔後的計數器，讓機器判定你投了硬幣。基於一種儀式性的緬懷，我通常選擇前者。

街機遊戲一直玩到國小五年級宣告終止。那時家裡買了 **Windows 98** 系統的家用型電腦。不知道你是否好奇爲何我要特別強調是一台 Windows 98 系統的電腦？因爲

「電腦」對我家來說並不是新鮮事物。在經營天明租書城的時候，店裡就配備了一台倚天資訊系統的電腦協助租還書服務。當然，「表・天明租書城」的電腦是沒有安裝任何遊戲的。

在我要說下一件事之前，先為你複習一下中華民國與中華人民共和國的政治情勢。一九四九年中華民國政府遷台後，與所謂的「大陸地區」斷了聯繫。直到一九八七年宣布解嚴後，開放台灣人民到大陸地區觀光及探親。但在二〇〇八年直航前，想去大陸地區的民眾必須經過英屬香港或其他方式入境。

對於大陸地區的文化想像孕生了相關的小說、影視，當然不外乎電玩遊戲。一九九〇年由台灣大宇資訊發售的《軒轅劍》系列開山作，打響了本土製作、以中華文化為底蘊的遊戲先鋒。往後數年，無論是改編自當代武俠小說、古典章回小說的中華文化遊戲大行其道，各家廠商不約而同陸續推出屬於自己的中華文化遊戲品牌。

其中與我最為相關的是一款名為《雲蹤奇俠傳》的單機武俠風角色扮演遊戲，於二〇〇〇年由宇外科技推出。之所以《雲蹤奇俠傳》與我最為相關並不是我特別熱愛這款遊戲，也不是因為我想當什麼雲蹤奇俠，而是我的姊姊王嘉茵。

嘉茵大我三歲，也就是我小五的時候，她讀國二。嘉茵的人生與漫畫、電動間、雲蹤奇俠全都綁在一起，密不可分了。我知道這樣講有點奇怪，畢竟誰的人生會脫離他生長的環境、他的家庭背景呢？

姊姊識字，所以天明租書城就是她的圖書館。就我有印象以來，她什麼書都愛，無論是談情說愛的漫畫、Jump 系熱血戰鬥漫畫、金庸武俠小說等，凡是在架上的她都看。比起我每次到店裡就是往「裡・天明租書城」衝，她更多時候選擇坐在「表・天明租書城」一張湖水綠的皮沙發上看書。

有時她也會想看最新到貨的書，但媽媽跟她說就是因爲最新到貨，出租率很好，所以她被限制不可以把新書帶回家讀，只能在店裡看。爲此我還記得她私底下向我抱怨了好多次，還說過「怎麼親生女兒的待遇比路人還差！」之類的話。

姊姊從小長得清秀，留著一頭長髮，俗稱清湯掛麵的黑長直髮類型。中分盛行的年代，她梳中分；後來旁分更爲流行的時候，她也服膺潮流改梳旁分。但無論如何，大抵不脫那種乖巧女孩才會有的髮型，從未染過燙過。當然，中學時有髮禁，她不得已剪掉那頭美麗的長髮。

雖然愛看書，但她沒有近視。或許跟她良好的閱讀習慣有關。她坐在店裡光線充足的一隅讀書。每半個小時或一個小時會起來走動。有時是被叫去幫忙排書，有時是純粹爲了休息。

我從小就很喜歡姊姊，總覺得姊姊很有氣質，也覺得姊姊懂得很多。她甚至國小就讀過白話版圖說史記故事，這一點一直讓我覺得姊姊是個了不起的人。

印象中，爸媽沒跟她說過「女孩子不要去電動間那種地方」之類的話。既然爸媽沒說過，爲什麼我會特別想提呢？因爲許多年後，當我和高中同學聊起電動間的時候，某位女同學跟我說她從小被告誡：「電動間是壞男生去的地方，會去電動間的都不是好男生，男朋友也絕對不能找愛打電動的。」關於這個告誡，我想前兩句是不盡公允，但第三句卻勉強正確——畢竟網路盛傳〇〇是你男朋友的小三、〇〇會搶走你的男朋友這樣的造樣造句。〇〇可以塡入的是當下任何一款熱門遊戲，包括《暗黑破壞神三》、《魔物獵人》，它們甚至被暱稱爲「情侶破壞神三」、「男友獵人」（說到男友獵人，我倒是很樂意擔任。你知道嗎？有一系列的男同志色情影片，就是專門拍攝男同志找那些已經有女朋友的異性戀男性發生性行爲）。

之所以爸媽沒跟姊姊說過、告誡過不要去「裡．天明租書城」，全然因為姊姊對那樣的地方不感興趣。有時她也會跟著我進去玩個幾局再出來，但她就是無法在電動裡得到像我一樣的滿足感、成就感。較之我打倒魔王後的喜悅、大呼小叫，她常常就是很淡然地說了一聲：「喔——死掉了。」當然她指的是魔王死掉了，但她的語氣冷靜到像是見到一隻被貓玩死的田鼠，悄然死在田邊的柏油路一樣，與破關時歡欣鼓舞的慶賀音效形成極大對比。

我問姊姊是覺得不好玩嗎？她說不是，投下五塊錢之後，她也會覺得要好好闖關才行，在短暫的數十分鐘內也讓她非常投入，也可以短暫忘記一些痛苦的事、不好的事，但總在目標達成後，感受到或大或小的失落感而不是成就感。

一種街機做不到的遊戲形式解決了姊姊的困擾——劇情導向的角色扮演遊戲。優質的劇情導向角色扮演遊戲在藝術性質上就像一部文學鉅著，甚至與電影、戲劇一樣屬於集合藝術。優質的遊戲除了情節角色外，少不了相匹配的高水準配樂、美術設計等，同時它必得將科技因素納入創作總體考量。

《雲蹤奇俠傳》的故事主要敘述江南地區養蠶農村的十六歲少女明兒，有一日在溪邊浣紗的時候遇見一名血跡斑斑、衣衫襤褸、袒露胸肌的異族男子雲岳。善良的明兒找來村人協助，將雲岳帶回家醫治。雲岳甦醒後，告訴明兒自己來自西域貔貅族，貔貅族奉貔貅爲祖先，在遊戲中的形象是一種虎爪熊身的有翼神獸。

貔貅族祕傳一種足可令人愉悅、忘記痛苦且能延年益壽的藥物「司命」。這種藥物神祕至極，除了煉丹方式，煉成的藥物也不對外交易。直至某日一位族人犯了禁忌，受到中原人的利益誘惑，傳授其煉丹方式與配方。不料，中原人取得製程後，協同錦衣衛前來剿滅貔貅族居住的村落。雲岳千里逃亡，一路來到江南，還是躲不過追殺。雖習有武功，擊退了一支錦衣衛小隊，卻也身負重傷。然而，明兒不知道的是，殺害雲岳族人的眾多錦衣衛中，其中一位便是她的青梅竹馬施遠……

三人後來因緣際會相偕冒險一段時日後，雲岳意外得知施遠即是他的滅族仇人，施遠也爲了國家大義、爲了錦衣衛榮譽與職責，兩人展開百招死鬥。依照設定，前九十九招都會是平手，關鍵的最後一招則根據遊戲中的劇情選項不同而有所不同。不知道是基於惡趣味還是虐心主義，當明兒做出越多對雲岳友善的決定後，死的人就會是雲岳，反之亦然。明兒注定跟她有好感但不那麼愛的人在一起。

雖然遊戲已經有兩種結局版本，仍是沒辦法滿足所有玩家的期待。在網路不盛行、資訊不發達的年代，論壇上流傳一則謠言，說只要在遊戲過程中達成特定條件就可開啓隱藏的三人結局。受到謠言所欺以及色慾的驅使，我一而再再而三的去試，因為真的太想看到明兒如何與虎背熊腰的雲岳、一襲黑色錦衣衛勁裝的施遠，那種的那樣的幸福快樂結局。

完整走完一次遊戲流程大約二十八小時，當然不可能不眠不休的玩，爸媽也會限制每日玩電腦時間，段考前也絕對禁止使用電腦，因此全破一次《雲蹤奇俠傳》的時間大概是一個月。

由於事前得知了不同的選項會導向不同的結局，我也沒辦法每個決定都能和姊姊有所共識，所以我提議與姊姊分別存檔，外加不互相討論劇情以防爆雷。為了開出謠言中的第三結局，我花了大半年的時間嘗試，最後宇外科技出面證實這是假消息之後，讓我十足洩氣。

「被騙了啦！」我在電腦前看到官方聲明後，哭喪著臉對姊姊說。

「沒關係，這個故事就是在告訴我們，人生不論做了什麼決定都不可能是完美的。」

「眞的嗎？」我好奇地問姊姊，同時覺得頗有哲理。

「我明年要考高中了，學校的輔導老師都會跟我們講一句話：『選擇你所愛，愛你所選擇』。就像結婚一樣，你也只能跟一個人結婚啊。」姊姊說。

讀小學的我把這個比喻記得一清二楚，關於結婚，固然可以選擇跟一個愛的人結婚，也可以選擇獨善其身，但是姊姊有所不知的是，跟愛的人結婚並不在我當時所能選擇的人生結局之中。讀到這裡的你想必瞭解原因，台灣於二〇一九年五月二十四日正式實施《司法院釋字第七四八號解釋施行法》也就是同婚專法。就在實施的前一週五月十六日，立法院投票前夕，再次於新聞畫面上看到已是行政院長的蘇貞昌，呼籲民進黨團團進團出投下同意票。

你或許會問，五年級的小孩就想那麼遠了嗎？會呀，童話故事不都告訴我們王子與公主結婚後過著幸福快樂的日子嗎？小學五、六年級的我，也漸漸發覺我對男同學、年輕的男實習老師的興趣高過女生了。你知道嗎？小男生之間有時候會喜歡玩比大小的遊戲，但我參與這類遊戲的原因肯定不是爲了爭勝。

在我的世界觀裡，人總是會走向與初始設定不一樣的道路的，像我後來迷戀肉棒的滋味，姊姊變成繭居族。

我迷戀肉棒的事已經多到不勝枚舉，現在來講講姊姊成為繭居族的**過程**。之所以我說是過程而不是原因，是因為發生在她身上的故事都是我旁敲側擊的觀察，將若干事件前後串連後，像是能夠推斷出某種因果關係，其實不然。如同像我這樣從小在電動間長大的小孩，如果成年之後沒辦法成為一個傑出的人，甚或作奸犯科，就很容易被偏見歸類為「看吧！就是他小時候在電動間度過童年才會學壞」；在我的求學過程中曾經一度修習中等教育學程，在一個自詡為該拿師鐸獎的講師面前介紹我的家庭背景後，他說像我這樣叫做出汙泥而不染。那個學期過後，我就離開教程了。

姊姊開始不愛念書是在高二之後。在那個學業至上的年代，考不到指定分數還會挨揍的年代，姊姊的校內功課一直維持得很好。這當然得歸功於她**真的**什麼書都愛讀，以一個國小就讀畢古今中外史的人而言，社會科課本對她而言才過於簡易；語文科方面，文言文不在話下，就連讓許多人頭痛的英文科也因為對西方世界的認識而產生共鳴，學起來既迅速又容易吸收；自然科更是拜科幻小說所賜，弄懂生物構造、地球結構更是充滿樂趣。弱點唯獨需要計算的題目，數學如此，物理、化學無法完全用記憶作答的題目亦如此。

姊姊讀高二的時候，家裡早換了**無限流量的 ADSL 寬頻網路**。這裡又要來嘮叨一下，但對年輕的讀者則可能不算是嘮叨而是歷史博物館導覽。特意要強調寬頻網路又是無限流量，是因爲無限寬頻相對於以流量計費並窄到不行的撥接上網，下載像《小朋友齊打交2》這樣 30mb 大小的遊戲，動輒一個小時且收費驚人。順帶一提，ADSL 這個名詞剛出來的時候，不知爲何總是會被唸成 AIDS。本來想炫耀家裡換裝寬頻網路的同學，不小心口誤就會說成：「嘿！要不要來我家玩，我家有 AIDS 喔。」我姑且不稱之爲一則笑話，因爲 AIDS 並不好笑，而大部分想笑連 ADSL 都搞不清楚的人也未必眞正瞭解 ADSL，光它是哪四個英文單字的縮寫就不知道了，遑論運作原理。

寬頻網路帶來了 MMORPG（大型多人線上角色扮演遊戲）。我之前在別的非遊戲圈的場合講出這六個英文字母的時候，看到大家一臉疑惑的表情，所以在這裡我想要解釋一下。其實 MMORPG 非常親民，舉凡《天堂》、《RO 仙境傳說》、《石器時代》、《魔力寶貝》、《魔獸世界》都是 MMORPG。簡單來說就是大家可以透過網路，在虛擬世界同時上線遊玩的一種遊戲方式。《雲蹤奇俠傳》也搭上這股熱潮，推出了《雲蹤奇俠傳 Online》。姊姊在雲蹤裡認識了一個大他七、八歲的男網友，不僅僅只是網公、網婆的關係而已，兩人實實在在地瞞著爸媽交往了一陣子。

我第一次看到他是在距離我家幾百公尺外的麥當勞門口。這間麥當勞平時我們家比較少去，因爲在更近的地方有一間肯德基。恰巧那天不知道爲什麼特別想吃麥當勞，放學出捷運站走了過去，遠遠地就看到姊姊和一名剃著平頭，膚色黝黑，身材高瘦的男生在說話。說話的時候男生的手會有一搭沒一搭地碰碰姊姊的手臂啊、肩膀啊、書包啊之類的地方，姊姊也不曾迴避，繼續有說有笑。雖然男子不至於太過明目張膽當街摟抱姊姊，但我當下有兩個反應，第一個是：「姊姊交男朋友了？」第二個不是「他是誰？」而是「可惡我也想要」。

他叫做阿克。

在說阿克、姊姊與我的故事之前，我想先跳轉到許多年後，當姊姊已足不出戶，鎮日在電腦前度過人生的時候。這時我已經不住家裡，搬到離工作地點比較近的地方租房子住了。姊姊由於不去找工作，常常與爸媽吵架。我想這樣下去不是辦法，就把姊姊接過來和我一起住。我答應爸媽會盡量開導姊姊，讓姊姊可以恢復，或者用一種我不是很願意說出的詞彙——像「正常人」一樣。但是爸媽必須聽到我會讓姊姊變「正常」才可能答應我。

剛剛提到，我說姊姊變成繭居族，我並不是很確定我使用這個名詞會讓你有什麼先入爲主的想法——她會不會有暴力傾向？會不會很邋遢？諸如此類的。就我的觀察而言，她仍然保持整潔，到附近的商店購買民生用品也都沒有問題，可以很自然地與不認識的陌生店員交易。唯獨她自己承認過沒辦法找工作。眞的要涉及「面試」、「應徵」的時候，幾乎像是恐慌症發作一樣。一開始只是緊張到發抖，沒辦法有邏輯、清楚地表述自己的能力、預期薪資等一般常見內容。幾次面試表現不佳後，甚至發生過當場過度換氣送上救護車的狀況。後來她就不再嘗試找工作了。

在我的感覺裡，她還是當年租書城中的姊姊。當然，她現在比較少看書了，但坐在電腦椅上，束著長馬尾，素顏清淡的臉龐，還是能讓我相信她還是以前那個她。

我白天需要工作，晚上如果沒有邀約，傾向買外帶便當回家和姊姊一起吃。有一次一邊吃，聊起了當年第一次破台《雲蹤奇俠傳》的事。礙於當時互不爆雷協定，我一直不曉得姊姊經過一連串選擇之後通往何種結局。

「姊，你第一次玩《雲蹤》的時候，結局是誰活下來呀？」

姊姊愣了半晌，似在回憶。「我覺得，活下來的人不重要。死掉的那個比較重要。」

「喔——那是誰死了？雲岳嗎？」

「施遠。」

「我以爲你會比較喜歡雲岳。」

姊姊一抹微笑，「對，我比較喜歡雲岳。但以前的我可能比較害羞，喜歡一個人反而會刻意跟他保持距離，沒想到卻讓雲岳活下來了。」

「遊戲不是可以讓人做出平常不敢做的事嗎？」

「也有人是把現實中的自己帶進遊戲，像我。」姊姊說。

「你應該很開心吧？你跟眞正喜歡的人在一起了。」我問。

「可是我們之間有人因爲我的選擇而死了呀——那樣的話，怎麼也不會開心的，我想到那個結局還哭了好幾天。」

雖然都是由某個作者、編劇設定好的劇情，但讀小說與玩遊戲最大的差異是，讀小說是你慢慢看著他去送死，**玩遊戲是你親手送他去死**。遊戲的互動性帶來它極大的渲染力。它像是一種遭無情命運背叛的隱喻，你或許以爲透過你的決定、自我努力可以爲這個世界做下什麼改變，甚至只求一個詮釋、一個註解，但沒有辦法，角色的命運已經注定，只待玩家送他上路。

話說回來，如果是一款如何選擇都不影響劇情細節的劇情導向角色扮演遊戲又會失去其魅力。簡單而言，就算是只有兩個設定好的結局，但如果玩家選了對雲岳好一點，施遠完全不會吃醋，並做出相對應的行爲舉止、對白對話，玩家便會覺得故事角色不是角色，而是一名 NPC，只會將寫給他的文案照唸。甚或是來到結局的時候，是由電腦執硬幣判定百分之五十的機率進入雲岳結局或施遠結局，這時玩家會意識到自己的徒勞與毫無意義。如果遊戲設計出一個遊戲機制，是提供玩家擁有一定的自由度做出選擇卻不給玩家合邏輯的體驗，這類遊戲難以帶給玩家衝擊心靈的力量，玩家無喜無悲，更慘的說——無感。在這裡我想要補充的是，固然會有像後者這樣選擇無意義的遊戲出現，但它建立於更大量選擇有意義的遊戲上，換句話說它倚靠的是一種新奇感，並不持久，也很難成爲常態。相對而言，如果遊戲機制創造出良好的遊戲體驗，遊戲製作團隊創造出的可能是一種細膩的情感體驗、文學體驗，甚至可以說是一種藝術體驗。

「害死雲岳會比較好嗎？」

我問完後，姊姊沒有回話。過了一會兒，眼淚竟從姊姊的眼眶裡滴了下來，讓我慌張起來，怪自己是不是問了什麼不該問的話。正當我想伸手抽面紙給姊姊時，她卻繼續若無其事地執著筷子一口菜、一口飯安靜地吃著，看起來些許怪異。

阿克與姊姊的交往比我預期地還久，甚至到了姊姊讀大學都還持續交往。這麼算來，大概有五、六年吧。姊姊成績下滑後，自然也沒考上理想的大學，依照分數只考到位處北台灣濱海之地的某私立大學。姊姊在大學附近租了小套房，我曾經在週末的時候去找姊姊。有一次，阿克在但姊姊不在。這種情況並不是我突襲式沒有禮貌地冒然前往，而是白天剛好臨時有姊姊打工地方的同事跟她換班，晚幾個小時才會回來。

這時的阿克已經是三十歲左右的輕熟男，由於是海濱的冬天，他在室內仍是穿著一件極度乾燥（Superdry）的黑色機能外套。他的身材比過去豐腴，但不顯得肥胖。眼神比起過去少了一種銳氣，但也不是變得柔和，而是一雙混濁的乳色玻璃珠。

「玩皓，這是我們第一次這樣相處吧，沒有其他人。」自從姊姊跟他說了我綽號的故事後，他就這樣叫我。不過我在意的是他這句話是什麼意思。畢竟當年我可是出現過「可惡我也想要」的念頭，也沒消失過。

「對啊。」

沉默了一會兒，沒有任何話題。然後他謹慎地問：「聽茵茵說，你喜歡男生？」

我有點尷尬，我和姊姊分享所有事，但沒料到姊姊也和阿克分享所有事。

「對——」

「你喜歡怎樣的男生？」

我不敢回答「像你這樣的」，一直以來我講話輕挑，此時全部像收進鎖櫃的標本一樣，只能放在心裡珍藏。「順眼就好吧。」

「其實我高中念男校的時候，當兵的時候，也都有懷疑過自己。」

又是一陣沉默。

「你知道嗎?我跟你姊姊最近常吵架。」

隨著阿克說的話越來越撩動人心,我忍不住聯想到色情影片上的情節。一個高中男生的道德竟可以像一隻飛行中黑腹軍艦鳥所掉落的黑色羽毛,一根墜落的羽毛,輕而緩地落入起伏的大海之中。搶走姊姊的男朋友,爲什麼聽起來如此令人振奮?

阿克看我屏息以待的樣子笑了出來,「兩件事沒有關係。」

姊姊畢業前夕懷了阿克的小孩,畢業典禮的時候肚子已經微微隆起。但穿著寬大的黑色學士袍一點也不受影響。畢業後順利生下,從阿克的姓,取名爲張敬之。但是阿克沒有娶姊姊,幾個月後,卻和別的女人結婚了。我無緣的姪子敬之也在協調過後由張家扶養(據說差點對簿公堂)。當這些事鬧得家裡天翻地覆的時候,我不知道該說幸還不幸,我在外地念大學,並沒有實際參與。

我原本一直不能諒解阿克這樣對待姊姊,後來我才在我媽的口中得知,阿克家裡經營皮鞋工廠,光是師傅就有十幾個人,稱得上工廠小開。對方父母似乎不是很看得起姊姊或者說我們家，本就一直希望阿克能娶一個更體面的女人。外加上對方父母知道姊姊是在網路遊戲上認識阿克的，而且還是高中生，聽起來就是那種不正經的女人。這讓我想到那句「電動間是壞男生才會去的地方」，會去電動間——或者說，玩 Online Game 還交網友的女生當然也是壞女生。我覺得不服的是他是工廠小開，我姐好歹也是前電動間千金，我是電動間王子。

我想姊姊是眞正愛著阿克，阿克也愛著姊姊的。她到現在都還在玩單機版的《雲蹤奇俠傳》。當然，我並不是說她有害健康、發狂似的玩，大概就是每天固定開啓遊戲，聽聽配樂，走過幾個山水畫風情的場景，然後關掉遊戲。姊姊的筆記型電腦的系統一直是 Windows XP，聽說更新到 Windows 7 之後的版本，《雲蹤奇俠傳》就無法執行了。

我不知道阿克或者他的家人有沒有告訴敬之我姊姊王嘉茵才是他親生母親的事。我想起當時問姊姊的那個問題：「害死雲岳會比較好嗎？」我猜——只能用猜的，我不敢問——在姊姊心中雲岳就是敬之，施遠就是阿克吧？但姊姊的結局也超出了遊戲編劇設定好的兩種——她愛的男人沒有一個留在她身邊。

當然，除了我以外，是吧？

愛索離群

1 往日

當現在人們談論起「往日」的時候已經不是在聊聊過去，而是一種能讓你感到快樂的藥物。但這款藥物和我們熟知的大部分毒品最爲不同的是，它完全合法。你只要到便利商店插入健保卡就可以實名制預購，每十四天可以預購一盒（盒裝八粒，一盒兩百元，中低收入戶等限定身分者補助後五十元至一百元不等）。

人們害怕談論毒品，事實上你只要留心偶爾在火車站廣場由市警局舉辦的毒品大展就可以知道，毒品除了種類多、包裝花俏，更值得注意的是功用各不相同。有些令人性亢奮，用於做愛時的助興劑；有的令人迷茫，飄入無神無佛的空白世界；有的令人對快節拍、重低音的反應特別強烈，一顆心跟著撲通撲通地狂跳……順帶一提，車站展出的都是贗品（例如甲基苯丙胺可以請冰糖飾演），以免遭有心人士劫貨。

「往日」的英文藥名是Remind，也就是提醒的意思。所以當有人問你要不要一起R，或者在各式社群網站、交友軟體的狀態欄上寫著Ring（正在R），這時你就知道意思了。

「往日」可以促使記憶神經元改變舊有的分配連結網絡。它不斷調整神經元中CREB濃度與記憶儲存於神經元的位置，讓原本相隔一天便難產生連結的兩組記憶，變成即使相隔七年也可以輕鬆地產生連結，而且只會連結正向、快樂、亢奮的記憶（多數是能產生多巴胺的記憶）。舉例而言，假設你是在喝咖啡的時候使用往日，「喝咖啡」就會和你七年前某一個甜蜜的回憶產生連結。至於某一個是哪一個，要靠你在喝咖啡的同時不停回想那個事件，有人喜歡第一次打炮的經驗，如果第一次打炮經驗又痛又不爽的人也可以回憶運動會跑一百公尺衝過終點線的瞬間。如果一個人想不起有什麼快樂的回憶，或許找幾個朋友一起聊聊是更好的選擇（所以絕多數的人喜歡一起用R）。

頭幾次用R可能還不會那麼爽（如果你選擇連結的是成功的性愛經驗），但新的神經元連結方式確立後，你就可以喝咖啡喝到高潮迭起。運用那組人生中最光輝成功的記憶，讓它去潛移默化影響所有新形成的記憶。舉例：如果有一天因爲結案成果太爛被客戶嫌棄了一番，只要喝杯咖啡，你所有的壞情緒就會一掃而空，甚至讓結案成果太爛這件事也連結「爽」這個情緒反應。

如此一來，無論接下來遇到的悲傷、痛苦或如何不堪的遭遇，都可以立即導向那個人生中最美好的記憶，進而穩定情緒，讓內心永遠和諧圓滿。

或許還沒用過往日的你會問，一個沒有挫折記憶的人可以進步嗎？不能記取失敗教訓，並對失敗產生厭惡感他還能追求向上嗎？是的，必須承認，這就是往日可能造成的副作用之一——不要臉與不知羞恥。但那已經是往日1.0才會產生的副作用了。往日剛問世時藥效過於強大，甚至會造成神經元受到損傷，挫敗記憶難以形成長期記憶。隨著藥品改良，現在的往日已經不會對神經元造成傷害，就算你服藥過量也只會像二十四小時內吃了過多的綜合維他命，隨著代謝被排出身體。

回到剛剛結案成果太爛的舉例，你會被罵，你也會記得你被罵，但你會很爽，你會積極地想要在下一次做得更好，道理很簡單，如果你自認爲已經改善到完美無缺的境地，還是百密一疏地被客戶找出小瑕疵抨擊。這個小瑕疵就會成爲帶來高潮的G點，一被碰觸就爽到上天入地。所以你不僅會繼續努力求進步，也會希望找到那個可以給你中肯批評的人，形成一種良性循環；相對地，如果你遇到只會拍馬屁的鄉愿，你就會像是隔著十二單衣被搔G點一樣，呵欠連連。

那麼怎樣的人不適合使用往日呢？當然就是沒有往日的人。像是要一群國一的學生寫名爲〈如果可以，我最想要回到的時光……〉的作文題目，大部分的同學都只能寫些雞毛蒜皮，吃個麥當勞也可以流連忘返。當然啦，有些早熟的國一生已經嘗過一些屬於他們的人生至樂，他們想回去的那個時光像是一列撞進太陽的雲霄飛車，猛爆噴發出幾千度的熱。順帶一提，往日雖然沒有像菸、酒、檳榔一樣禁止未成年使用，但文宣都有建議：成年後使用效果才會顯著。成年之前應該去好好創造各種成就與光榮記憶。

除了往日的普及，社會安全保護網更是關懷了島嶼上每一個人。社保網是個很難推行的政策，稍有不慎它就會變成迫害人權的藉口，嚴密監控人民的一舉一動。

島嶼上如果有往日解決不了的問題，政府就陪你玩個遊戲。至於是玩什麼遊戲，就讓我用張谷緯的故事跟你說明吧。

2 螢火蟲

一隻落單的螢火蟲在黑暗的山徑間飄飛，牠的光點不足以照亮位於螢山山腰的建築群，只是沒有月光的晚上小小的點綴。偶然間，牠撞上一扇圓形的景觀窗，窗的主人未將窗戶關緊，留下了一條縫。牠便沿著空隙，闖進了這間金屬製的單人膠囊套房。

小谷躺在窗緣下的床鋪。螢火蟲掠過他闔起的眼皮，停在他的眉心，明滅的光點彷彿脫離的靈魂，而螢火蟲是神的使者，引領著靈魂回到肉身。

忽地，小谷睜開雙眼，身體不自主地發抖。螢火蟲感受到震盪，悄然離去，然而牠的聰明才智似乎不足以讓牠找到原路回到山間。除了螢火蟲，床頭櫃上一座香水瓶模樣，流線造型的夜燈也感受到了動靜，溫和的暖光水一般流洩而出，讓原本漆黑的膠囊房多出了一絲暖意。

「嘿，Loui，提高溫度。」小谷說。

「好的，小谷。」一道低沉、充滿磁性的男性嗓音透過環繞音響在房內迴盪，像情人一樣抱著小谷。

幾分鐘過去，小谷還是覺得有一些冷，決定起身喝杯熱可可。但是當他掀開白色羽絨被時，意外發現公發的純棉內衣、內褲早已濕透，像浸在水桶裡的抹布。

他搞不清楚自己是冷還是熱了。

「嘿，Loui，把燈打開，黃光，四十趴（%）。」小谷說，其中百分之四十是指燈的亮度。

「沒問題。」Loui 說。室內的燈像劇場燈一樣緩緩地亮了，這種亮燈的方式令人舒服。

小谷走向牆角，脫下濕透的衣物，拉開隱藏在牆面的洗滌槽，將衣服丟了進去。在這小小的三坪套房空間裡，所有的設備從書桌、衣櫃、床架、浴室隔間等，都是一體成型的系統家具，沒辦法挪動。此外，設計者也相當用心，小細節如換洗衣物該如何擺放都考慮周全。

小谷瞅了一眼鑲在牆上的長方形數字時鐘，現在時間是三點十二分，再過兩個多小時就要天亮了。他決定洗個澡，提早開始今天的工作。

至於那隻找不到出路的螢火蟲，牠一明一滅的螢光不像是在求偶，而是求救。牠是一隻沒有完成繁衍使命的雄性成蟲，生命的最後，待在房間的陰暗的角落，孤獨地等待死亡。

3 社保網

幾個禮拜前，小谷收到一封以牛皮紙公文封裝著，區公所寄來的掛號信。果然來了，他成為社保網的關懷對象。社保網政策的出現肇因於隨著時代演進，社會出現隨機砍殺等暴力事件越趨頻繁，爲了改善此一狀況所誕生的政策。只要男性退伍後，兩年內失業或無固定工作，並且同時符合無婚姻、獨居、缺乏親密友人等幾項特質，便很容易成爲社保網的關懷對象。

由於符合孤獨特質的男性實在太多了，因此在網路論壇 PTT 盛傳還有一項決定性的條件會決定一個人是否會收到關懷信，那就是新訓時塡下的心衛狀態調查。

關懷信上雖然並未明確寫出當時的問卷與諮商結果，但有入住過寧園的網民分享道：當他來到寧園報到時，遇到當初的同梯，一開始這位網民並未多想，單純覺得他鄉遇故知，讓忐忑的心情放鬆許多。他之所以特別記得這名同梯是因爲新訓的時候，他們倆都因爲心衛狀態調查結果「不合格」，一起在午休時間去了心衛中心。然而當時的班長告訴他們，他們不會因爲那份心衛問卷而有驗退的機會，也不會留存紀錄，可以依照當下眞實心理狀況塡寫。

小谷手裡揣著關懷信，心想：也眞是夠蠢了，怎麼可能不會留存任何紀錄——也或許那份測驗眞的沒有留下紀錄，而是隨測驗未過而來的諮商留下紀錄，讓他成爲關懷個案。

但比起接到關懷信，眞正讓小谷意外的是，他的心衛狀況竟然會是一百人中的末段班。當時連他在內，只有五個人參與了後來的諮商輔導。一直以來，他認爲自己的內心很健康，只是有那麼一點多愁善感而已，沒想到他的心衛健康程度根本遠低於平均值。

小谷的菸癮不大，在賃居的小套房的陽台上本想速速抽一根。結果點了菸卻襲來一陣茫然，索性再把菸捻熄。不確定從什麼時候開始，也忘記為什麼，捻熄一枝沒抽完的菸總是會讓他的心刺痛一下。之後，小谷在房間裡遊蕩，想著要帶、該帶、能帶什麼行李。

4 寧園

寧園位於花蓮鄉間，鄰近一處因河川襲奪而形成的堰塞湖。由於水質清澈，環境良好，是著名的螢火蟲棲息地，也因此這座堰塞湖被稱作螢潭。

寧園承襲日本代謝派建築風格，沿著螢山山腳建立了一整排不間斷的，以空間桁架為主要結構的建築，全為三層樓高。在桁架之間建置以個人為居住單位的膠囊房。外觀上雖然是金屬結構，但設計時考慮了周遭景色，最後呈現出與山景、湖景諧和的線條，像是螢山山坡的一部分。並且隨著光照變化，桁架會在膠囊房的牆面上呈現美麗的幾何圖紋，彷彿寧園是一頭躺臥著的巨大古代神獸，以冬眠般的呼吸頻率與居住在牠身體內外周遭的動植物共存著。

至於「寧園」則有兩層取名意義。首先是寧園建設之初，便是爲了提供社保網關懷對象短居、再造之地，期許它「寧靜、平和」。除此之外，寧園中段開闢了一片檸檬樹園，規模不大，作爲居住者的日常勞務。由於自產檸檬，到了收成季節，每日菜單總會出現以檸檬作爲調味的料理，也提供檸檬汁作爲飲品。園區消耗不掉的檸檬則會外銷，但這些利潤不會回到關懷對象手中。他們來到這裡領的是符合基本工資的薪水補貼。

至於寧園膠囊房的配置與建造過程是這樣的：空間桁架與房間各自獨立建造。膠囊房會在工廠組裝完畢之後，經由貨櫃車托運至螢潭，概念上確實也接近貨櫃屋，每個房間皆是套房。來到螢潭的膠囊房會像擺飾般，一一放到桁架之上。

小谷分配到的是G棟三樓的房間。他從圓形如人孔蓋般的窗戶向外看，這是個沒有星光與月光的夜晚，雨雲密布，彷彿隨時會降雨。想必外面的濕度相當高，充斥潮濕的氣味。但他在房內感受到的是空調調節後的空氣，因此這只是猜想。

小谷將手心擺放在床頭的控制面板，這是喚醒 Loui 的其中一種方式。

「晚安，親愛的小谷，什麼事讓你睡不著呢？」

「溫度可以調高點嗎？我覺得有點冷。」小谷嘀咕，「你們的預設溫度總是有點冷。」

「沒問題，那我也順便重新設定預設溫度好了。」Loui說，附帶了一個水晶音樂的音效，彷彿變了一個簡單的魔術。「根據手環測量到的數值，你是不是身體不舒服呢？還是煩惱著什麼事情？」

「我覺得好像有點心悸，心臟好像跳得比平常快。是吃藥的副作用嗎？」

「雖然臨床上對於往日產生副作用的機率不到千分之一，但還是不能排除這個可能。總之，你的健康數據我會記錄下來供醫生參考，詳細狀況就由醫生來斷定吧——倒是小谷剛剛做夢了嗎？」

聽到「記錄」二字小谷的心揪了一下，然後躺回床上，回應Loui的問題：「我好像夢到高中畢業的時候，我是畢業生致詞代表，我好喜歡那時候。」

「很高興聽到你這麼說，看來藥效已經發揮作用了，與手環的測量結果一致，相信很快你就能沉浸在美好的往日時光中了。」Loui彷彿眞人對談般停頓了一下，讓人感覺不到它其實是電腦系統，「要來點音樂放送一下嗎？你最喜歡的木匠兄妹（Carpenters）？」

「好。」小谷說，然後Loui的聲音淡出，凱倫・卡本特（Karen Carpenter）獨特、美麗，令人舒緩的歌聲淡入，唱的是那首〈昨日重現〉（Yesterday Once More）。

關於小谷的夢，內容是這樣的。小谷高中念的是H高中的戲劇科。那是他短暫二十五年的人生中，最是充滿光輝的一段時光。

禮堂在畢聯會的策劃中，布置成了一架飛機。禮堂門口以藍色與白色的氣球串成迎賓圓拱，象徵藍天白雲。走進禮堂，左右兩排各以剪開的塑膠袋貼上手繪紙板，做成飛機窗口的樣子。服裝方面，校長穿的不是西裝，而是一套機長服。從司儀到工作人員則穿上不同階層的空服員制服。

小谷覺得空少的制服很好看，他也想穿，但致詞代表在畢聯會的規劃上是穿H高中的制服。雖然是夏天，小谷只好在制服外加上一件當時已經停產的H高中毛衣背心作爲造型。

當小谷走上舞台階梯時，認知到這是他高中戲劇科生涯的最後一場表演。在重視升學考試與明星學校的社會價值裡，他不是H高中考得最好的那一個。之所以選他為致詞代表，可說是時運完全站在小谷那邊。當年H高中承辦了市政府青年文學獎，市政府相當重視這項計畫。作為承辦方的H高中已經有幾年沒有出過得獎同學，所以當小谷奪得首獎並身為戲劇科同學的時候，他就成了H高中藝術教育耕耘成功的範例。

小谷的致詞稿像一首不刻意押尾韻的詩賦，雜揉了一些他讀過的文學書籍中很美的句子：

給我同屆的畢業生同學們：

當昨日最後的放學鐘聲響起，夕陽落罩在身上，讓我們成為一團淡金光暈中的青春剪影……[1]

夢中的小谷再次誦讀了寫好的詞稿，聚光燈與目光皆朝他而來。中間一度忘詞，

---

1 改寫自白先勇小說〈Danny Boy〉。

但小谷的戲劇科同學們在台下大喊著「小谷——」，沒有加油，沒有不要緊張，就是「小谷——」、「小谷——」地喊著，像是一段安排好的間奏。

夢醒後的小谷有點懷疑當年的情景是否眞如夢中一般，畢竟那太像明星走出機場的待遇了。或許那也是「往日」的藥效，它強化了記憶中美好的部分，忽略了忘詞、不安，沒有表現好作爲畢業生致詞代表的尷尬事實。

小谷六點多起床後，心情與身體狀況已經輕鬆許多。他走下床，脫掉睡衣，走了幾步路進到浴室。浴室狹窄，但仍配有一個足供成人坐泡的浴缸。浴缸與馬桶相連，馬桶極簡化只剩下一個附蓋的圓洞，比浴缸略低，因此泡在浴缸的時候不會看到馬桶，更不會產生浴缸水與馬桶水相通的噁心錯覺。

小谷簡單沖了澡，走出浴室的時候，聽見Loui親切地問候他「早安」，並提醒他應該在十五分鐘後出門領取早餐。

寧園設有電梯，但一般時候居民不能搭乘，必須走樓梯。寧園的樓梯設計得相當巧妙，每戶膠囊房後會有一道自己的樓梯，與鄰近幾戶共用一個軸柱作爲迴旋梯。然而樓梯與樓梯卻是各自獨立的，換句話說，即使與鄰居在相同時間上下樓梯，也不會看見彼此。唯一遇到其他居民的機會只有在一些公共場合，包括餐飲部。

餐飲部在一樓，像是只提供外帶的店窗口。大概是三、五個膠囊房連起來的大小。但餐飲部不像餐廳，沒有提供內用座位。所有的居民必須提著自己的三層食物籃來取餐。將食物籃交給工作人員後會領取一張號碼牌，待食物配給完成後再往窗口取餐，回到自己的房間內食用。

雖然沒有強制規定不得與其他居民交談，但候餐期間卻是一片靜默。居民們或許會互相點頭致意、簡單地問候早安，但不會有更進一步的談話內容。這可能和寧園的設計有些關聯。因爲光影的效果，寧園桁架下較爲涼快的陰影處，也會以格狀呈現。如果不想晒到太陽，人與人之間會帶點疏離感地站得稍有距離。像是利用影子畫上隔線一般，居民們會恰如其分地站在屬於自己的那一格。另外，雖不禁止彼此交談，但禁止戶外用餐，因此取餐之後大多是互道再見便各自回房。

5 幻影

將近中午，工作桌上的螢幕跳出房門外的畫面，兩位身穿深色西裝褲、白色襯衫與醫師袍的男人按了電鈴。小谷吩咐 Loui 開門之後，兩人很有禮貌地在腳踏墊脫下皮鞋，放到鞋架，然後走了進來。小谷目測一會兒，走在比較前面的男子大約四十多歲，另一位則是三十多歲。小谷推測後方的男子大概是助手，而前方這位才是前來例行看診的醫師。兩人都是中等身材，但帶點病懨懨的蒼白氣息。四十多歲的男子雖然不是禿頭，但髮量明顯較少，顏色也不那麼深。如果不是保養得宜的話，或許實際年齡更大一些。

「你好，我姓楊。」四十多歲的男子說道，並伸出友善的右手。此時三十多歲的男子正忙著從牆板上翻下兩張坐板，「你好。」小谷和和楊醫師握手之後坐回工作桌前的椅子。房間頓時變成一間小小的會客室。

助手從公事包拿出裝在皮套裡的平板電腦，手指來回滑動一會兒後，將平板電腦遞給楊醫師。

「聽 Loui 說你晚上睡得不好？」楊醫師看了平板電腦的資料後，抬頭向小谷問道，「覺得忽冷忽熱？」

「對。」小谷說。

「白天也會嗎？」

「不會。」

楊醫師自胸前口袋拿出一枝觸控筆，在平板螢幕上點了幾下。

「睡覺的時候會做夢嗎？」楊醫師問。

「會。」

「夢的內容是否和你第一天來到寧園時，口述人生中最正面的回憶一致，或是相關？」

小谷想了一下，所有入住寧園的關懷對象，在第一天晚上都會被要求和 Loui 談心。說是談心，但並不是漫無目標地聊。Loui 會像是想和你做朋友一般，希望跟你交換資訊。他擁有良好的談話技巧，會一步步引導你講出設定好的主題，宛如一位高明的談話節目主持人。即便一開始有心欺騙或隱瞞，關懷對象都會在一杯紅酒與往日的催化下放下戒心，娓娓道來那些美好的回憶。

「請問……」小谷頓了一下，「我可以問問題嗎？」

「什麼問題？」楊醫師回應道。

「我想問關於我在吃的藥，還有我做的夢，這兩個有什麼關聯？」

楊醫師將平板交給助手後說道：「解釋起來或許有些複雜，我就說明幾個重點，等我說完，還有不清楚的地方再提問好嗎？」

「好。」

「我們認爲，一個人的行爲模式會受到先天與後天因素的影響。先天的部分包括你的身體是否健全，智商高低，又或者是基因決定了你哪些人格特質，勇敢的、怯懦的；後天的部分則是來自於學習，你人生中所遇到的事件形成長期記憶後，會影響著你往後的行爲模式。這當然是生物，尤其是大腦發達的人類一項重要的生存能力。能夠記取教訓，不再犯同樣的錯誤。但諺語也說『一朝被蛇咬，十年怕草繩』，要是某件事讓一個人到了這種擔心受怕，甚至看到幻覺的程度，或許會讓他的個性往不當的方向發展。

「在現行社保網的運作下，我們從過往的思維模式中脫離，成長背景只是個參考，並將輔導重點轉爲個人。當然這必須拜新科技所賜，才能讓我們有嶄新的方式推行社保網，而這項科技就是『往日』。

「比起過往，我們已經更能精確掌握 CREB 在腦神經中作用的方式。CREB 是形成長期記憶的關鍵基因。」助手遞給楊醫師一瓶水，楊醫師轉開瓶蓋喝了幾口後繼續說道：

「『往日』的技術就是透過醫藥與相關硬體設施，啓動或關閉一個人的神經元活動，喚醒我們認爲值得喚醒的記憶，並讓記載負面回憶的神經元活動降低。我們期待的就是，一種正向的『普魯斯特式的時刻』：透過過往美好的時光不停的重現，一個連一個，進而影響一個人的心理狀態。以白話來說的話，『往日』是一種致幻劑，也是一種科技版的心靈雞湯。」楊醫師再度喝了水。

一個月過去，孤獨感包圍著小谷。不知道是不是「往日」的影響，小谷彷彿忘記了很多事，同時也格外印象深刻高三那年登台致詞的畫面。

正如先前所說，在寧園的日子並不是無所事事。照顧檸檬樹是每天早晚必做的勞動之一。這裡的檸檬樹不施農藥，以人工的方式清除雜草與害蟲。除了照顧果園，尙有許多必須一個人在房間內獨立完成的工作。同時為了讓關懷對象離開寧園後能順利與社會接軌，安排了多項不同的專業技術的選修課程，包括美髮、烘焙、汽修等。

然而最令小谷感到疑惑的是竟然沒有關於人際溝通、相處的訓練。配合「往日」的效果，以及寧園整體的建築邏輯，關懷對象似乎越活越進入個人的小世界了。

兩個月過去，「往日」的影響更為顯著。小谷總是保持著快樂的心情，孤獨感降低，因為他現在不只會聽到加油聲，而是當他怯懦、猶豫、擔憂的時候，他的高中同學會一一出現，甚至是成群結隊地出現在他眼前。就拿第二個月的第十五天來說好了，那天是採收檸檬的日子。

小谷拖著滾輪採收籃來到檸檬樹下。雖然檸檬樹並不高，但長在樹梢沒辦法直接用手摘取，仍需要長剪子。那天天氣非常炎熱，晒得人大汗淋漓，像是溶化的冰淇淋。當小谷採收滿一桶、要換第二空桶，但疲倦感已經出現的時候，他高中的死黨鄭漢廷、小艾和金毛出現在小谷眼前，並且陪著他一起走。當小谷摘下檸檬要往桶子丟的時候，他發現是由他的幾名死黨輕輕接過，然後放到桶子裡。小谷已經沒辦法分辨哪些是真實存在，哪些是幻覺了。在他今日數量採收完成正準備離開的時候，回頭望向果園，他所見到還在採收的人都不是關懷對象，而是穿著制服的高中同學們。像是校外教學般愜意，小谷的疲累一時消散無蹤，轉換成一種新奇的樂趣。

最棒的是，一直到第三月，幻覺從未帶給小谷困擾。它們總是即時伸出援手，並僅僅呈現回憶中美好的一面，讓小谷一點也不記得曾經和同學們「可能」發生過的不愉快。例如金毛雖然是死黨，但他火爆的個性有話直說，肯定與他大吵大罵過；小艾總是厚臉皮地拜託小谷做一些無傷大雅卻麻煩的小事，像是幫忙跑腿、一起到新開幕的餐廳踩地雷，當時絕對發生過因爲吃到又貴又難吃的餐廳而互相埋怨對方。然而所有的不愉快在「往日」的催化下，好像都變得讓人沒辦法生氣，甚至覺得有些可愛。但事實眞的如此美好嗎？例如幻覺中的漢廷，總是一臉微笑，安靜穩重，像是一名最好的陪伴者。但會不會是他想不起漢廷的缺點了？會不會有什麼事情是小谷忘記了，但其實非常重要，甚至一直影響著小谷成年後的人生。

「我來寧園之前，是不是就已經忘記了什麼呢？」小谷疑惑著。

6 一期一會

當現在人們除了談論起往日不再是往日，「一期一會」也不是一期一會了。一期一會原本是茶道用語，後來引申爲一生只有一次的相聚（所以必須珍惜）。現在如果說起一期一會，大部分的人會直接聯想到的是，福福島文創旗下的一款社交模擬遊戲《一期一會：跟著露營車環島趣》。

福福島文創是一間由政府與民間的合資企業。這是自二〇〇二年行政院經濟建設委員會提出《挑戰二〇〇八：國家發展重點計畫》，首次將數位遊戲列入國家計畫，歷經數十年的努力後，催生出的整合性文化創意產業公司。隨著時代演進，小說、電影、電視、電玩、劇場、漫畫以及相關的文化產品不再各自爲政，而是以產業鍊的方式，由政府擔任居中協調的角色，整合作家、導演、工程師等各方面的專業人才，壯大文化產品內容。除此之外，福福島也培養自己的班底，製作可受市場檢驗的文化產品，《一期一會》便是其中之一。話說回來，畢竟福福島文創有國營企業的特質，因此旗下的遊戲沒有任何一款涉及暴力、色情，而像是「跟著露營車環島趣」這個副標題則是跨部會協調中，交通部希望放上去的。

至於「福福島」的名稱由來是這樣的，福福島籌備時期想選一種具有代表性的本土物種作爲主視覺，由於廣爲人知的台灣黑熊相關吉祥物已經多到比牠們的實際族群數量還多了，最後選定了台灣狐蝠。但因爲「狐蝠島」很難發音，乾脆改成很有福氣（長輩也喜歡的）「福福島」。

《一期一會》的遊戲流程如下：框選月曆上的一段時間（最短一天，最長三十天），規劃旅遊目的地（1.0版只有台灣本島，隨著更新陸續加入了離島甚至友好國家景點），遇上同時間一同前來旅遊的玩家或 NPC（Non-Player Character，非玩家角色／由電腦操控的角色），自由的社交直到旅程結束。

社交內容包括聊天、參觀彼此設計的露營車、簡單的商業行爲（例如手沖咖啡、手作餅乾）等。而本遊戲最大的特色：巨量人性化且有故事的 NPC ——這個就是小谷以及其他來到寧園居住的鄰居的工作內容。

每天小谷打開電腦就會得到一套劇本電子檔。內容預設了玩家可能會提出的問題、行爲，根據小谷的主觀感受輸入相對應的反應。例如：

「你有養寵物嗎？」——預設玩家問題。

「有，我養了一隻鱷魚，牠叫做 Killer。」（殺手）——小谷的回應。

每週五下午就會彙整這禮拜以來的資訊，由 G 棟居民開線上會議討論並投票表決。

「養鱷魚」這個資訊沒有問題，但「Killer」（殺手）聽起來太驚悚（本遊戲設定為普遍級），也容易形成民眾對鱷魚的刻板印象，因此改成「Kisser」（親親寶貝）。

「看見旅客在地上丟垃圾。」——預設玩家行為。

「上前勸阻並說：『幹你娘，把垃圾給我吞回去。』」——小谷的回應。

到了禮拜五下午，經表決後，上前勸阻這個 NPC 對應行為沒有問題，但修飾了對白：「不好意思，×××（景點名）不吃垃圾喔。」

而要是玩家跟遊戲中的 NPC 鄭虛懷（這是小谷取的，因為虛懷若谷）混熟的話（例如三不五時找他聊天、請他喝咖啡，或提出一起賞月的邀請都可以提升好感度，哪項行為可以提升或減少好感度由小谷設定），NPC 鄭虛懷就會向玩家娓娓道來他的生命故事，當然，這個生命故事改寫自真人小谷的人生。

7 愛索離群

下午三點的時候，陽光照在碧綠的潭水，淡淡的水氣繚繞山間，像是一杯散發著茶香的的濃抹茶。幾艘天鵝船滑過湖心，白色鵝羽輕柔地挑起波瀾，幾秒後水面復歸平靜。

小谷伸了一個懶腰，頭靠在椅背上的頸枕望著天花板，同時打了一個呵欠。

「嘿，Loui。我要幫虛懷想一個口頭禪，你覺得 Isolation 怎麼樣？」

「在我評論好或不好之前，我想先聽聽你的想法。介意我錄音嗎？」

「你錄吧。」小谷坐正，將辦公椅旋轉了九十度，面向窗戶之後繼續說：「寧園到處都是檸檬，讓我想起來我小時候聽過的一首歌，蘇慧倫的〈檸檬樹〉——

Isolation 想住進你心裡

Isolation 期待下雨的一棵 **Lemon Tree**

小谷哼了起來。

「聽完你的解釋似乎是個可以嘗試的方向，要順便幫虛懷的歌單加上這首〈檸檬樹〉嗎？」

「好。」

「沒問題。」然後是那個熟悉的水晶音效，「那麼——如果有人問虛懷爲什麼他的口頭禪是 Isolation 時，應該要怎麼回答呢？」

「這個嘛——」小谷思忖了一會兒，「當友好值爲『非常親密』的時候，可以讓虛懷講一個故事。」

虛懷念高中的時候避免不了考英文背單字。他有一個朋友叫做漢廷，這是屬於他們兩個人的小遊戲，也是讀書方法。他們兩個人很熱衷於替每一個英文單字想速記法。例如戴面具會造成傷害，Damage，傷害，學起來了；揉麵包時會記得一個人，Remember，記得，學起來了。

他們兩人喜歡約在摩斯漢堡讀書。一開始總是很認真讀書，但讀到英文這科的時候，他們的心力就會放在創造更多的諧音速記法。其中有一次他們就創造了 Isolation，愛索離群。漢廷覺得這四個字的音譯太牽強，沒有意義，於是虛懷向他解釋：

「『索』在不同詞性時有不同意思，名詞的時候是粗繩，例如『繩索』；動詞的時候是探求，像是『搜索』；而副詞的時候，索是單獨地、孤獨地的意思，例如『離群索居』。

「『愛索離群』的『索』就作副詞用，像是一個人揣著一份真誠的愛遠走他鄉，獨自呵護那份愛。他沒辦法與誰分享、託付這份愛，他比任何人都要孤獨，也就是Isolation。」

「愛索離群，Isolation，孤獨，學起來了。」Loui用了一個非常微幅的興奮語氣說，隨即又恢復一貫的平淡：「距離傍晚巡視果園還有一點時間，你要測試剛剛新增的內容嗎？」

「好。」小谷說。

8 海濱

一台加掛露營車廂的白色卡旺沿著台十一線往南，穿梭在山海之間。海風自車窗吹進車廂內，鹹味伴隨著路邊的碳烤香腸的香氣，這片陽光下閃爍璀璨光芒的鑽石之海同時也是飢餓之鄉。

抵達露營區大門的時候，小谷駛著這台被他命名為「強尼號」（強尼喜歡旅行，Journey，旅行，學起來了）的白色卡旺沿著山路往低處海灘開去，停進了營區內一處草地。草地上則另有三款風格與車型皆全然不同的露營車。其中有一輛還是夢幻經典車款——福斯家紅白相間的T1露營車。

不過我們要關注的並不是這輛T1，而是鄰近山坡處的一台鱷魚色的三菱廂型車，除了駕駛與副駕駛座還是椅子之外，廂內其他空間已經改裝成個人臥室了。鄭虛懷就坐在後車門下乘涼，小桌上放著一壺現沖的紅茶以及幾個紋飾陶杯。

小谷下車，將包包中的香蕉皮丟在地上。虛懷看見，頭上出現一個驚嘆號，隨即走了過來。

「不好意思，露營地不吃垃圾喔。」（測試通過）

於是小谷撿回香蕉皮，並開始搭話：「對不起。」

虛懷微笑，「如果不知道垃圾桶的位置的話，我帶你去吧。」

小谷跟在虛懷身後，繞了園區一圈，虛懷爲他導覽。

「半夜睡不著的話，你可以數著浪潮聲，浪來的時候聲音比較單一、比較沉、比較厚；浪退的時候則會伴隨著許多細石被水推動刷刷聲。如此一波、兩波、三波……數著數著你還是睡不著，但很美。」虛懷說。

小谷覺得很神奇，因爲虛懷就是他——過去的他——小谷正在跟過去的自己說話。他覺得透過這種形式的對話有種療癒的感覺。由過去的自己來開導自己，再怎麼樣都是自己說過的話，就算不認同，也可以理解當初爲什麼會這樣想，有什麼樣的思考脈絡。甚至現在的自己可以用一種過來人的身分，帶著滄桑的語調，安慰那個任何傷心的事都還沒發生或正在發生的自己，隔著一段距離看自己，原諒過去的自己。

晚餐過後，小谷「自主性無償加班」，登入了《一期一會：跟著露營車環島趣》。

說來詭異，小谷想知道虛懷的故事，雖然虛懷的故事是這些日子以來，他不停以片段的方式輸入建檔的。然而小谷並不確定由這些碎片會拼湊出什麼完整的故事面貌？

虛懷的車邊擺了一個線香盤，線香盤上是燃到一半的，有驅蚊效果的香茅線香。小谷記得這個更動，因爲這是普遍級遊戲，虛懷不能抽菸，因此以線香代替。

小谷躺進虛懷的車廂裡，兩人一坐一躺地聊著天。小谷看見沿著窗架的細麻繩夾著很多照片，是同一個男生不同時期的造型。有穿著制服的他、染金毛的他、坐海盜船的他……

「虛懷，照片上的男生是誰？」

「我男朋友。」

「原來你有男朋友啊？」小谷問。

「以前有過，現在沒有了。」虛懷說。

「分手了？」

虛懷對著小谷悶哼一聲，隨後淺淺的笑，「我也不知道。」

「什麼叫不知道……」現實中的小谷握緊拳頭敲了一下桌子，唸唸有詞地嘀咕，

「早知道親密度不要設這麼高了。」

「嘿，Loui，我要調整參數。」小谷說。

「表決通過的參數如需要調整，必須提案等到下次的視訊會議喔，並且註明調整理由。」Loui溫和地說，「不過建議小谷，如果想要快速提升親密度的話，不妨唱〈檸檬樹〉給他聽喔，虛懷對這首歌一定會很有共鳴的。」

「好吧，那Loui，你起個Key。」

〈檸檬樹〉輕快的前奏像小精靈一樣咚咚咚跳了出來。

9 典禮

六個月過去，小谷在夜間已經不會出現莫名盜汗的狀況。完成一件事得到的成就感也都比服藥前來得高。往日將小谷風華絕代的畢業典禮連結到「完成一件事」這個概念。就算是他把三坪大的房間打掃乾淨，在那個打掃結束的瞬間，他的腦海裡就會閃過相對應的典禮。例如把房間打掃乾淨這件事，會讓他充滿自信心，覺得自己有潛力被國際雜誌封爲環保少年。他會走進禮堂接受表揚。漫天的紙花會同時飄然落下。

楊醫師與他的助手此時正在小谷的房內問診。

「等一下我們會做例行性的訪談，你就照眞實狀況回答就好。有問題也可以隨時發問。」醫師說，一旁的助理也拿好平板電腦準備記錄了。「你在《一期一會》中，除了跟自己創建的角色說話，是否也有跟其他眞人玩家互動呢？」

「有。」小谷說。

「有什麼印象深刻的事嗎？」

「沒有……但我覺得在這個遊戲中與其他人互動很放鬆，跟眞實的世界不太一樣。遊戲裡的世界都井然有序……也可能因爲服藥的關係，像是有一次遇到一個玩家，他說我的露營車很醜，但我也不以爲意。」

「被批評的時候，你在想什麼呢？」

「我想起高中畢業典禮。我記得那時候有同學批評用白色垃圾袋裝飾成機身很醜，也像是把我們這群高中生打包進一個巨大的垃圾袋丟掉一樣……可能是這個『醜』字讓我將兩件事聯想在一起吧？可是我覺得那就是畢聯會在有限經費下的成果。由於我是致詞代表，彩排的時候我看過他們在沒開冷氣的體育館場布，他們滿頭大汗，但只爲了給全體畢業生一個難忘的畢業典禮。」

楊醫師微笑，「所以你能記得服藥以來所經歷的事，但你始終能保持正向的情緒？」

「可以這麼說。」小谷點頭。

「如果下個月安排你離開寧園，有什麼規劃嗎？」

「我想到動物園工作。不是動物園的話，寵物旅店、寵物美容也都可以。」

「你喜歡動物？」

「對……但我不敢說我眞的愛牠們。」

「怎麼說呢？」

「動物的議題太寬廣了，如果在動物議題上做一張表格，那我可能會在反皮草、反動物表演、反棲地破壞這些項目上打勾，但我喜歡動物園，有一個說法這是『馴化後的自然』，我知道很多人是反動物園的。」

「這確實充滿爭議。不過你有你的理念的話，離開寧園後也可以透過《一期一會》，和生命中那些不期而遇的人交流意見。他們認同你的話，就會替你宣傳；也有可能你聽到能說服你的說法，開始認爲動物園是不合宜的。」

Loui 監測到小谷的脈搏加速了，對於未來，既有期盼也有不確定性，興奮與茫然在小谷體內滾動成一股焦慮。同時，這半年內服用往日所建立起的新的記憶運轉機制開始作用。

10
菸

當現在人們如果有一個很想讓人知道的祕密的話，既不用在餐館裡留下一本忘記帶走的日記，也不必在社群網站上寫下朦朧的訊息，而是打開《一期一會》，將這個祕密告訴遊戲裡的 NPC。這些 NPC 會透過大數據重組人名、地名、時間，只有故事的核心會保留。

就讀國中的張敬之，也就是張谷緯的姪子，他有許多不知道該如何開口的煩惱。其中一個便是他覺得爸媽對妹妹比較好。有一次再也受不了，他問爸爸爲什麼對妹妹那麼好。爸爸回答他：「因爲你是男生啊，男生本來就要堅強。」但是這個搪塞般的回答並不能解決敬之的疑惑。物質上，妹妹確實擁有許多小公主的衣飾，妹妹撒嬌想要得到的東西通常也都拿得到，但是他什麼都沒有。當然，他也沒有想要什麼小王子的衣飾。只是關於小王子，他只有一本安東尼・聖修伯里的《小王子》。書裡有些句子很美，但他又不確定是什麼意思，像是：「如果想要圈養一隻狐狸，就要爲牠流淚。」難道世上沒有不必流淚就可以養一隻狐狸的方法嗎？

敬之在《一期一會》上遇到了鄭虛懷，他並不知道他是 NPC（這款遊戲的人工智慧已經讓 NPC 角色的反應與眞人相去不遠，更何況他們也都是眞人眞事改編而來），也不知道他的叔叔谷緯就是這個角色的藍本。

敬之問虛懷：「如果想要圈養一隻狐狸，就要爲牠流淚。」是什麼意思，第一天虛懷說，台灣沒有狐狸，所以不管是要從國外進口還是怎麼做都很花錢，所以想要圈養一隻狐狸，荷包就會流淚。敬之不滿意這個答案，他往後的每一天都會問虛懷同樣的問題。

第三天，虛懷說：「發誓，Fox，要圈養一隻狐狸就要發誓要愛牠，不棄養，陪牠一輩子，儘管狐狸的壽命比人類短。Fox，狐狸，學起來了。」

第五天，虛懷說了一個故事。

虛懷因爲被選爲畢業生致詞，認識了當時的畢聯會長鄭漢廷。鄭漢廷染著金色的頭髮，脖子掛著一個以黑繩串起的菱形格紋銀飾項鍊。他的制服襯衫總是只扣到第二顆扣子，露出內裡的白色背心。

漢廷做事非常果決，缺點是缺乏溝通，因此不時與人發生口角。他想做的事（大部分是對的），他就會埋頭去幹，但他以爲他的決策大家也都會覺得理所當然，因此不特別去說明爲何他會這樣做，這樣做有什麼好處等，漢廷覺得解釋這些浪費時間。

包括他向虛懷表白的時候也沒有任何解釋。那時虛懷在體育館舞台後方的男廁上廁所。洗手的時候碰巧漢廷走了進來，漢廷直截了當地說：「我有一件事想跟你說，聽完之後你只要說好或不好。」

虛懷以爲是跟場布有關的事，點點頭不作聲。

「當我男朋友。」

虛懷愣了一會兒，沒聽懂。

「當我男朋友，好？不好？」說著，漢廷逼近虛懷，虛懷退了一步，緊緊挨在洗手檯邊。

「你沒拒絕，我就當你答應了。」漢廷便用他有力的臂膀托起虛懷的臀部，將他放在洗手檯上。虛懷一時慌張，伸手亂抓，意外撥開了水龍頭。漢廷順勢將唇抵在虛懷唇上，幾秒鐘後，虛懷不再掙扎，兩人伴著嘩啦的水聲激吻。吻到後來，也不曉得為何，頭髮濕了，襯衫濕了，褲子也濕了，像跌進泳池。

兩人好了幾個月，虛懷好奇地問漢廷他喜歡他哪一點，漢廷也只是說：「喜歡就是喜歡，沒有理由。有理由的喜歡不是真的喜歡。」

升大學後兩人住在一起，隨著日子過去，雖然虛懷也愛著漢廷，卻也發現他一些缺點。例如漢廷會因爲自己懶得出門而叫他跑腿，買飲料、買宵夜什麼的；但眞正造成困擾的是漢廷抽菸抽得兇。他從高中時就會偷抽菸，只是他謹守分寸，從不在學校抽菸，從沒被抓到過，因此他得以當選畢聯會長。

虛懷會勸漢廷戒菸，到了後來，他甚至會奪走漢廷的菸直接捻熄它。這件事，以及其他類似的事對漢廷來說當然不能忍受：「如果你繼續干涉我的生活，我們就分手。」

虛懷氣哭了，他以為他是為他好，並不是想跟他吵架，更不是要挑起事端藉故分手。這也就是虛懷後來會透過抽菸想一個人，也因為捻熄一根沒抽完的菸心裡會刺痛的原因。只是許多年後，虛懷忘記了。

如果許多年前的那場畢業典禮，沒有水龍頭與水，是乾旱的季節，愛不曾來臨，不曾澆沃乾涸的身體，那今天會是什麼光景？

第十天，虛懷說漢廷在他當兵時離開他了。至於是什麼樣的離開，敬之沒辦法確定，畢竟這是一個普遍級的遊戲。但敬之可以確定的是，漢廷的離開對虛懷是嚴重的打擊。

「其實一期一會只是一種說法，世間上的事有哪件不是一期一會？」虛懷說，「阿敬，很高興這十天的旅程裡認識你，最後再教你一個英文單字——漢廷，Haunt，縈繞心頭，也可以解釋為鬼影幢幢，一個人被過去的陰影糾纏。我聽你的故事，似乎你對你的父母有所不滿，對他們有所埋怨。但也許他們也是，看到你，讓他們想起某段不曾對你說過的祕密。

你還年輕，我希望你記得，要記得事物的光明面；痛苦的記憶，就讓它隨著往日重組。不是遺忘，不是逃避，而是不讓它與現在的你、未來的你要走的路產生連結。

要永遠記得那個縈繞你心頭的美麗時光——那個畢業季的午後，那個漢廷無所畏懼愛你的時候。Haunt，漢廷，學起來了。」

後記：密林斗繁星

如同與我同輩或者比我年輕的一代一樣，我們自有記憶以來，電玩便伴隨著我們成長。我最初的電玩記憶是在家裡開的電動間。後來隨著時代演進，接觸了電腦遊戲、PS、PSII、PSP直到現在擁有一台經典配色版Switch。而我對電玩第一次產生崇高敬意以及感動落淚是在小六時玩的《軒轅劍參外傳：天之痕》。此後一、兩年間我時常幻想自己是該遊戲的男主角陳靖仇，也恰巧因為都姓陳，因此讓我更加確信自己與他之間有某種神祕的傳承關係。

「密林斗繁星」是陳靖仇的奇術，可以給予全體敵人木屬性二千五百點傷害。小時候的我也不是不識字，但總是會把這招排列組合成「密林繁斗星」、「密林繁星斗」等，原因推測起來是因為不瞭解「斗」應該如何解釋。

查閱字典後，我認為「斗」解釋為「小」最為合理。彷彿是走在深夜蓊鬱的樹林裡，抬頭仰望小而浩繁的星光一樣。我對這些具有畫面感的招式名稱特別有印象，不查閱攻略我還能記得的包括「日薄西山入」。這招「日薄西山入」是我到花蓮求學後時常看到的風景。有人會說東部看不到夕陽，我認爲那是不準確的說法，確實我們看不到像是豔紅太陽在西子灣降下，一路沉進海平線的情景，但我們有「日薄西山入」。另外，在我成年以前居住的台北盆地，所看到的也同樣是「日薄西山入」。

我甚至可以斷言，《天之痕》影響我後來就讀中文系的意願。我想要像陳靖仇一樣流浪在山海大川之間，像陳靖仇在鯨背上吹著竹笛。這幾件事我都做到了，我大一的時候參與了出海賞鯨（當然不可能坐在牠背上）；也學了一年多的竹笛，雖然只是皮毛，但吹奏陳靖仇的曲子也沒問題了。

（本段有雷）而我在《天之痕》落淚是因爲有一段劇情演到，女主角之一的拓拔玉兒發現一直對陳靖仇很好的獨孤寧珂竟是反派，慘遭殺人滅口。

除了國產電玩，日韓電玩、歐美電玩，都成了我今日《柴貓、夢的浮艇與德魯伊》這本小說集的養分。然而，縱使我已經找到一片心靈的沃土，播下電玩小說的種子，如何培育它也遇到了相當的瓶頸。

我二十歲那年在台藝大念電影系。接觸了文學科系以外的創作者，大概是從那時起，我期許自己的作品能達到「雅俗共賞」的境界。但操作起來的結果時常是俗過頭，沒有雅的成分——堪稱文學或藝術的成分。

我以爲「商業」與「通俗」雖不至畫上等號，卻也有一定程度的正相關。我想起研究所的指導吳明益老師，他曾經在小說創作課中評論過〈峻堯與明尉〉（第一稿）。老師說我的小說中有一種通俗性，原本我以爲他會希望我像是改掉某種壞習慣一樣改掉它，沒想到老師卻鼓勵說，這是我一種寫作特質，需要好好珍惜。那次的經驗讓我相當感動。不曉得是否爲性格使然，我的文字始終沒辦法以細膩簡練、華而有實的美見長，爲此多少有些自卑或欽羨他人。取而代之的是，我有時會在行文中加入冷笑話、流行語，甚至會讓讀者質疑「這很必要嗎？」幾近於廢話的文字。我在書寫的時候，未必不自知，但每當我寫到這樣的段落時，除了自得其樂，還希望我藏的彩蛋會有知音能懂。

舉例而言，〈柴貓、夢的浮艇與德魯伊〉中，或許會讓部分讀者摸不著頭緒的，當兩名德魯伊相見時為確認彼此身分所說的密語：「我必須保護大自然。」與「對，大自然很重要。」這兩句引用自電玩《爐石戰記》，兩名同樣選擇「瑪法里恩・怒風」這個角色對戰開場時，雙方叫陣的開場白。對於沒有相同遊戲經歷的讀者，可能就會質疑為何是這兩句，它既不神祕也缺乏美感。

我不曉得把小說寫得悲憤是年輕小說作者容易出現的特質還是只有我這樣。我對自己這部小說集期許甚高，一直期待停筆那天我將對著電腦螢幕肯定地說：「我寫了一部偉大的小說呢。」如今我已經結束這漫長的旅程，但浮現心底的不是剛剛那句話，而是：「我用一本書來證明我的人生不是錯的。」或許人生本沒有對錯可言，卻在別人的定義中有了是非。

第一次發現到的錯誤人生是〈雲蹤〉也有提到的事件——台北縣政府取締電動間。我那時候年紀還小，也不懂法律條文，但記得開票日的晚上，媽媽難過地不發一語，一個人在廚房洗碗，後來果然我家賴以維生的電動間生意無法繼續經營了。奇妙的是，當我讀國小六年級的時候，大街小巷開幕了一間又一間的網咖，媽媽卻禁止我去那樣的地方。那時的我相當迷惑，不知道爲何電動間要被取締而網咖不用，疑惑我可以自由進出電動間而網咖不行……有時可能我太貪玩電動，媽媽還會以現世報的語氣感嘆說都是以前讓別人家的小孩來玩，現在才會變成這樣。

最後我想談談這本小說的定位。這本小說集一度取名爲《電玩故事販賣所》，顧名思義，書中每篇故事都會與電玩相關。開始寫作之後，我發現如果只是與「電玩相關」，簡單如一篇新聞報導、一場電競賽事，這些並不足以呈現我眞正想講的故事。

我眞正想講的——經過與許多前輩、同儕討論，在不斷修正中前進——也就是這本書最想處理的核心命題：電玩如何影響當代人的精神文化？

人與人之間各種形式、意義各不相同的愛，更是精神文化的重中之重。像是「密林斗繁星」一樣，它們盤根錯節，將人們捲進巨大的樹根之中，使人窒息。然而就在萬般窒息中，在樹縫之間，窺見沒有溫度卻最動人的，漫天的星光。

BONUS

嘴

以手機掃描，帶你走進另一個世界。

柴貓、夢的浮艇與德魯伊

作者　陳信傑
副總編輯　陳秀娟
發行人　林聖修

封面設計　廖韡
封面插畫　manual_for_all
版型設計　張家榕
作者攝影　鄭弘敬

出版　啟明出版事業股份有限公司
地址　台北市敦化南路二段 57 號 12 樓之一
電話　02-2708-8351
傳真　03-516-7251
網站　www.chimingpublishing.com
服務信箱　service@chimingpublishing.com

法律顧問　北辰著作權事務所
印刷　中原造像股份有限公司

總經銷　紅螞蟻圖書有限公司
地址　台北市內湖區舊宗路二段 121 巷 19 號
電話　02-2795-3656
傳真　02-2795-4100

初版　2020 年 10 月
定價　NT$350

國家圖書館出版品預行編目（CIP）資料

柴貓、夢的浮艇與德魯伊 / 陳信傑著
.-- 初版 . -- 臺北市 : 啓明 , 2020.10
面 ; 14.8*21 公分
ISBN 978-986-98774-3-5(平裝)

863.57　109010106